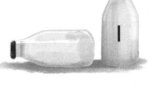

Wnes i fethu prawf arall. Y trydydd mewn pedair wythnos, o bosib. Ond fethais i ddim oherwydd fy nghyflwr i. Ddigwyddodd e ddim oherwydd 'mod i'n dwp.

Dyw methu ar bwrpas ddim mor hawdd ag mae'n swnio. Rhaid i ti wneud yn siŵr o fethu dros bum deg pump y cant o'r prawf, heb neud hynny'n rhy amlwg. Felly, alli di ddim jyst sgwennu unrhyw atebion gwirion o dop dy ben. Os nad wyt ti'n gallu meddwl am rywbeth sy'n weddol agos, ond ddim cweit yn iawn, mae'n well peidio ateb o gwbwl neu roi marc cwestiwn. Ocê, ydy, mae'n eitha hawdd.

Dwi ddim yn siŵr ydy'r ffaith 'mod i wedi bod yn methu ar bwrpas yn ei neud e'n well neu'n waeth. Roedd 'na gynllun y tu ôl i hyn. Ddim un da iawn, ond roedd rhyw fath o gynllun.

Heblaw am y tangyflawni diweddar yn yr ysgol, dwi'n ddigon tebyg i bawb arall. Ond wedyn, dwi ddim chwaith. Dwi'n mwynhau chwarae gemau fideo, hongian o gwmpas gyda fy ffrindiau a darllen comics. A dwi'n hoff o dynnu lluniau, ond dwi ddim yn siŵr ydw i'n dda neu beidio. Dim ond tua 150 o ddilynwyr sydd gyda fi ar Instagram. Ond efallai bod hynny jyst yn golygu 'mod i ddim yn berson poblogaidd iawn.

5

Mae gen i ddau frawd. Mae Jakob yn un deg saith, ddwy flynedd yn hŷn na fi. Mae moped gydag e a llwyth o ffrindiau. Ac mae merched yn ei garu fe. Mae fy mrawd bach, Adrian, yn un deg pedwar. Mae e'n gryfach na fi ac yn gynt na fi. Ac, fel bron pawb arall yn y byd, mae e'n dalach na fi.

Fe wnaeth Dad farw pan o'n i'n chwech oed. Pysgotwr oedd e. Dyn ag ysgwyddau llydan a breichiau mawr. Aeth e mas i'r môr un diwrnod. A ddaeth e ddim 'nôl. Mae fy nau frawd yn debyg i Dad. Dwi ddim.

Ysgwyddau cul a breichiau tenau a chorff bach sydd gyda fi.

Mae'n fraich dde i'n hirach na'r fraich chwith.

Dwi'n bymtheg oed ac yn 153cm o daldra. Mae dynion Norwy ar gyfartaledd yn 179.7cm. Dwi'n bell o dan y cyfartaledd.

Bydd yr ysgol yn siŵr o ffonio Mam unrhyw ddiwrnod i ddweud beth sy'n digwydd. Dwi erioed wedi bod mewn trwbwl o'r blaen. Dwi ddim yn un o'r sêr chwaith, ond dwi'n cadw i fynd. Dros y dyddiau diwethaf dwi wedi bod yn disgwyl i Mam ddweud rhywbeth, ond sdim byd wedi digwydd hyd yn hyn. Bob dydd mae'n dod adre o'i gwaith ac mae popeth yn normal.

Yn gynharach, tua pump o'r gloch, es i mewn i'r gegin i nôl glasied o ddŵr a daeth Mam i mewn yr un pryd, yn cario bag siopa ym mhob llaw. Triais i ddarllen ei hwyneb hi, ond doedd dim golwg grac arni.

"Haia," meddai pan welodd hi fi. Roedd ei llais hi'n swnio'n hollol normal.

Eisteddais wrth y bwrdd a'i gwylio'n rhoi'r siopa gadw. Rhoddodd ddau becyn o gig cyw iâr ar y wyrctop, yn barod ar gyfer swper, siŵr o fod. Ond ro'n i'n gwybod, gant y cant,

UN
mewn
CAN MIL

LiNNi
INGEMUNDSEN

ADDASIAD
MEINIR WYN EDWARDS

Ffuglen yw *Un mewn Can Mil* ond mae'r stori'n delio â phynciau real, megis cam-drin plant a hunanladdiad. Mae dolenni ar ddiwedd y gyfrol ar gyfer cyngor a chymorth.

Argraffiad cyntaf: 2023

© Hawlfraint Linn Irene Ingemundsen a'r Lolfa Cyf., 2023
© Hawlfraint yr addasiad: Meinir Wyn Edwards

Llun y clawr: Josefina Preumayr

Rhif Llyfr Rhyngwladol: 978 1 80099 362 4

Dymuna'r cyhoeddwyr gydnabod cymorth ariannol
Cyngor Llyfrau Cymru

Cyhoeddwyd yn wreiddiol yn Saesneg
gan Firefly Press Ltd yn 2017

Cyhoeddwyd ac argraffwyd yng Nghymru
ar bapur o goedwigoedd cynaliadwy gan
Y Lolfa Cyf., Talybont, Ceredigion SY24 5HE
e-bost ylolfa@ylolfa.com
gwefan www.ylolfa.com
ffôn 01970 832 304

fod y cyw iâr yn organig, achos dy'n ni ddim yn bwyta cig sydd ddim yn organig. Byddai hynny jyst byth yn digwydd.

Do'n i ddim yn siŵr a oedd Mam yn cadw'n dawel am nad oedd hi wedi clywed dim byd o'r ysgol, neu am ei bod hi'n aros ei chyfle. O'n i'n methu dal llawer rhagor. Rhaid i fi gael gwybod naill ffordd neu'r llall.

Felly, dwedais i, "Sut ddiwrnod gest ti?"

Edrychodd hi arna i am eiliad, cyn dweud, "Iawn," ac yna, gyda golwg amheus, ychwanegodd, "Pam ti'n gofyn?"

Codais fy ysgwyddau. "Oes rhaid cael rheswm?"

Ymlaciodd, a rhoi gwên. "Nag oes, siŵr. Diolch i ti am ofyn. Sut ddiwrnod gest ti 'te?"

"Iawn."

"Ddigwyddodd rhywbeth?"

"Naddo." Codais o'r gadair. "Mae gwaith cartre 'da fi."

"Ocê," meddai. "Bydd swper mewn rhyw awr."

Es i fyny'r grisiau i fy stafell wely, a dechrau ar y gwaith cartre. Roedd sŵn cerddoriaeth o'r stafell drws nesa, felly roedd Adrian yna. Ond doedd hynny ddim yn sioc, oherwydd doedd e byth yn mynd allan i rywle heb i fi wybod ble roedd e. Mae hyn yn mynd i swnio'n rili, rili od, ond fy mrawd bach yw fy ffrind gorau i.

Doedd dim sŵn o stafell Jakob, oedd yn gwneud synnwyr, gan ei bod hi'n ddydd Mawrth ac roedd e'n ymarfer pêl-law bob dydd Mawrth.

Roedd rhaid i fi ddarllen cerdd gan Rolf Jacobsen ac ateb cwestiynau amdani ar gyfer y wers Norwyeg. Cerdd am beiriannau yn bwyta coed oedd yn uffern i belicans doeth... Doedd hi ddim yn gwneud unrhyw synnwyr i fi.

Roedd pum cwestiwn a doedd dim rhaid esgus 'mod i'n methu eu hateb yn iawn.

Gorffennais y gwaith, ac fe waeddodd Mam fod swper yn barod. Caeais y llyfr a rhedeg lawr y grisiau, ddau ar y tro. Ar ôl cyrraedd y gwaelod clywais ddrws stafell Adrian yn agor.

Yn fy meddwl i, ro'n ni'n dau wedi cael ras, a fi enillodd. Tasai e'n gwybod ei bod hi'n ras byddai wedi 'nghuro i, felly mae'n well ei fod e'n gwybod dim.

Es i mewn i'r gegin ac eistedd wrth y bwrdd, gyferbyn â Mam. Daeth Adrian i mewn ac eistedd wrth fy ymyl i. Os oedd pawb adre neu beidio, bydden ni'n eistedd yn yr un lle bob tro.

Wedyn fe fwyton ni gyw iâr organig gyda llysiau wedi'u stemio a reis brown. Doedd neb wir yn siarad â'i gilydd, dim ond edrych ar ein ffonau.

Yn fuan wedyn clywon ni'r drws ffrynt yn agor ac yn cau, ac yna sŵn thyd mawr. Jakob, yn dympio'i fag chwaraeon ar y llawr. Wedyn, sŵn ei sgidiau'n taro'r wal wrth iddo eu cicio bant. Mae Mam yn casáu hynna, ond ddwedodd hi ddim byd pan gerddodd e i mewn i'r gegin, dim ond dweud "Haia", a dal i edrych ar ei ffôn.

Roedd bochau Jakob yn goch ac roedd arogl awyr iach arno fe.

"Hei," meddai ac eistedd wrth ymyl Mam, gyferbyn ag Adrian. Helpodd ei hun i'r bwyd, ond ddim y reis. Roedd carbs yn ddrwg i ti, mae'n debyg, os oeddet ti eisiau llwyddo fel chwaraewr pêl-law.

Ond dwi'n bwyta'r holl garbs alla i. Rhoddodd Mam ei ffôn i lawr a gofyn i Jakob sut roedd yr ymarfer. Fe siaradon ni am y goliau sgoriodd e, ac wedyn siaradon ni am sut roedd Adrian wedi llwyddo i wneud y tric beic roedd e wedi bod yn ei ymarfer ers oesoedd. Siaradodd neb amdana i'n methu'r prawf Maths. Roedd yr ysgol mor araf yn sylweddoli pethau fel hyn. Byddech chi'n meddwl y bydden nhw'n talu mwy o sylw i rywun fel fi.

Dyma beth sydd ar Google am syndrom Silver-Russell:

Silver-Russell syndrome (SRS) is one of many growth disorders. It is characterized by a slow growth, starting even before the baby is born. Many children with SRS have low muscle tone and may start to sit up and walk later than average. Some may also have delayed speech development. Signs and symptoms may include; low birth weight, a head that appears too large in relation to body size, poor appetite, characteristic facial features including a prominent forehead or a small, triangular-shaped face; and arms and legs of different lengths.

Ond beth sydd ddim ar Google yw sut *deimlad* yw bod y bachgen byrraf yn y dosbarth. Sut mae'n *teimlo* i wybod nad yw hynny'n mynd i newid.

Mae gan un mewn can mil o bobl SRS.

Sander Dalen ydw i.

Dwi'n un mewn can mil.

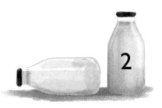

Dau ddiwrnod yn ddiweddarach deffrais cyn y larwm. Agorais ddrôr fy nesg a nôl pensil. Wedyn es i sefyll wrth ffrâm y drws. Sefais yn syth ac edrych o 'mlaen, heb fynd ar flaenau 'nhraed. Gyda'r pensil rhoddes i farc ar ffrâm y drws uwchben top fy mhen. Troais i edrych ar y marc. Roedd e yn yr un lle yn union â'r tro diwetha. Ochneidiais a gwisgo 'nillad. Beth arall allen i wneud?

Wrth i fi gerdded i mewn i'r gegin roedd Frank, ci'r teulu, yn sefyll wrth y drws, yn siglo'i gynffon ac yn edrych arna i â llygaid mawr. Jackabee yw Frank, croes rhwng terier Jack Russell a *beagle*.

'Mae isie i rywun fynd â Frank am wâc,' meddai Mam wrth gerdded i mewn i'r gegin.

Rhoddodd Frank gyfarthiad bach wrth glywed rhywun yn dweud ei enw a'r gair 'wâc'.

Roedd Jakob yn eistedd wrth y bwrdd yn bwyta'i frecwast.

'Dim fi,' meddai, heb edrych i fyny o'i fowlen.

'Af i,' dwedais.

Es i mewn i'r cyntedd, a Frank yn dynn wrth fy sodlau. Gwisgais fy sgidiau a 'nghot, cyn rhoi'r tennyn ar Frank.

Mae wedi bod yn dywydd arferol diwedd-haf-dechrau-hydref yn ddiweddar. Heulog un diwrnod, oer y diwrnod wedyn. Ond ers tua wythnos mae'r hydref wedi cyrraedd go iawn, ac felly bydd digon o wynt a glaw o'n blaenau ni.

Fi sydd fel arfer yn mynd â Frank am dro. Sdim ots gyda fi, achos mae'n rhoi cyfle i fi dynnu ambell lun yr un pryd. Mae gen i hen gamera Dad, Olympus 35 RC gyda lens 42mm. Dwi'n teimlo'n wirion yn mynd â'r camera allan yn gyhoeddus, ond os ydy Frank gyda fi mae'n rhoi rheswm i fi fynd, a dwi'n teimlo'n llai lletchwith. Ond dwi ddim fel arfer yn mynd â'r camera yn y boreau. Sdim lot o amser i dynnu lluniau cyn mynd i'r ysgol.

Tasai rhywun yn gofyn i fi beth dwi'n hoffi orau, camera digidol neu analog, fyddwn i ddim yn gallu ateb. Dwi'n hoffi lluniau digidol gan fod y delweddau'n glir, a ti'n gallu uwchlwytho nhw'n hawdd ar y cyfryngau cymdeithasol a'u cropio, neu addasu'r golau neu ychwanegu ffilters. Ac os nad wyt i'n hapus â'r llun, galli di dynnu un arall. Ond, ar y llaw arall, dyw pobl ddim yn mynd i'r un drafferth wrth dynnu llun digidol. Dim ond pwyso'r botwm eto ac eto tan iddyn nhw gael y llun cywir. Dwi'n hoffi'r ffaith fod rhaid cymryd mwy o ofal gyda chamera analog. Rhaid meddwl yn ofalus am y golau, yr ongl, a'r cyfansoddiad cyn gwasgu'r botwm achos sdim iws i ti wastraffu ffilm. A ti ddim yn gwybod ydy'r llun yn dda neu beidio tan iddo gael ei ddatblygu. Aros am y lluniau yw'r rhan orau o ffotograffiaeth analog. Mae'n teimlo fel agor present pen-blwydd neu barsel drwy'r post. Y disgwyl sy'n wych.

Yn aml dwi'n mynd â Frank i goedwig fach sydd ddim yn bell o'r tŷ. I gyrraedd yno rhaid pasio tŷ'r hen Kaland. Fe yw *loner* y dref. Dwi ddim yn gwybod beth yw ei enw cyntaf. Dwi ddim yn siŵr oes un gydag e.

Pan o'n ni'n iau, ro'n ni o hyd yn chwarae triciau arno. Taflu wyau at y wal neu ganu'r gloch a rhedeg bant. Fel arfer dwi ddim yn hoffi gemau pan mae'n rhaid rhedeg yn gyflym achos bydden i'n cael fy ngadael ar ôl. Ond doedd Kaland ddim yn rhedwr beth bynnag. Byddai'n aros ar ddiwedd y dreif ac yn gweiddi rhyw fygythion gwag, fel 'Arhoswch chi!' neu 'Ddala i chi!'

Weithiau fe fydden ni'n sleifio i'w ardd gefn i ddwyn eirin o'r coed. Roedd ffenestri gwaelod y tŷ wedi'u hoelio ar glo a do'n ni ddim yn gallu gweld y tu fewn o gwbwl. Ond roedd pawb yn cytuno bod rhywbeth rhyfedd ac anghyfreithlon yn digwydd yna. Gwyngalchu arian, rhedeg *meth lab* neu gladdu cyrff marw. Dwi ddim yn credu bod hynny'n wir ond roedd e'n ddyn hollol wallgo. Fel y Crazy Cat Lady, heblaw mai dyn yw e. Heb gath.

Ac er 'mod i'n gyfarwydd â gweld pethau dwl gan Kaland, ges i sioc o weld ei dŷ y bore hwnnw. Achos roedd hyn ar lefel arall. Mae ganddo goed pin yn yr ardd ffrynt ac roedd un wedi cael ei haddurno fel coeden Nadolig. Yn llawn golau a pheli bach ac addurniadau o bob lliw a llun.

Mis Medi oedd hi!

Do'n i ddim wedi ei weld ers amser, a gallai fod wedi symud tŷ. Neu wedi marw. Rhaid ei fod e'n hen iawn erbyn hyn. Roedd e'n hen pan o'n ni'n blant. Gollon ni ddiddordeb yn y dyn ar ôl tyfu lan, felly doedd dim syniad gyda fi beth oedd ei hanes. Ond fyddai neb arall yn addurno coeden Nadolig ym mis Medi, felly mae hynny'n profi ei fod e'n dal yna.

Roedd Frank wedi dianc y tu ôl i ryw goed ac wrth i fi aros iddo wneud... beth roedd rhaid i gi wneud... tynnais fy ffôn o 'mhoced ac agor y camera.

Tynnais lun o'r goeden. Yn sydyn daeth golau ymlaen yn

nhŷ Kaland a rhoddais y ffôn yn ôl yn fy mhoced yn gyflym. Do'n i wir ddim eisiau iddo fe 'ngweld i, achos mae'n rhoi *creeps* i fi. Ac er 'mod i heb ei weld ers sbel, mae'n siŵr ei fod e'n sylweddoli mai fi oedd un o'r plant oedd yn arfer taflu wyau at y tŷ. Achos roedd pob un o'r plant yn arfer taflu wyau at y tŷ.

Tynnais ar dennyn Frank.

"Dere," dwedais. "Dere glou."

Ar ôl eiliadau ymddangosodd pen brown a gwyn Frank o'r coed a dyma fe'n cyfarth a rhedeg ymlaen.

Codais ei lanast a brysio adre.

Erbyn i fi gyrraedd y tŷ roedd Jakob wedi mynd am yr ysgol a Mam i'r gwaith.

Fe wnes i'n siŵr bod digon o fwyd a dŵr i Frank a rhoddodd e ei ben yn y bowlen ddŵr yn syth a dechrau llepian yn swnllyd.

Roedd Adrian yn eistedd wrth fwrdd y gegin, yn bwyta brecwast ac yn darllen comic.

"Gesia be," dwedais.

Edrychodd Adrian i fyny o'i gomic. "Be?"

"Mae Kaland 'di rhoi addurniadau Dolig ar un o'r coed yn ei ardd ffrynt."

"Na! I be?"

Codais fy ysgwyddau. "Sai'n gwbod. Siŵr bod e'n meddwl bod Dolig 'di dod."

Chwarddodd Adrian. "Waw, mae hynna'n hollol boncyrs. *Next level!*"

Eisteddais wrth y bwrdd a bwyta brechdan gaws wrth chwarae hocus. ar fy ffôn.

Ar ôl brecwast seiclodd Adrian a fi gyda'n gilydd i'r ysgol fel arfer. Wrth basio tŷ Kaland aeth Adrian i chwerthin wrth weld y goeden.

All Adrian ddim seiclo fel person normal. Mae beic BMX gydag e ac mae'n rhaid iddo reidio mewn cylchoedd, neu neidio neu wneud triciau drwy'r amser.

"Drycha ar hyn!" Cyflymodd Adrian a gwneud tro cylch ar y pafin. Cylch perffaith.

Dyw e wir ddim yn gwneud pethau fel hyn i ddangos ei hun. Ond mae'n rhaid iddo wneud popeth yn antur a chael cyffro o hyd. Neu mae e'n mynd yn bôrd.

Gwrddon ni â Filip ar gornel ei stryd a seiclodd y tri ohonon ni gyda'n gilydd i'r ysgol. Mae Filip yn nosbarth Adrian. Mae'r ddau'n iau na fi, ond eisoes yn dalach na fi. Tasai rhywun yn cwrdd â ni am y tro cynta, mae'n siŵr y bydden nhw'n dyfalu 'mod i'n iau na'r ddau arall.

"Be ni'n neud heddi?" holodd Filip. "Ar ôl ysgol, dwi'n feddwl."

"Gallen ni fynd i tŷ ni i chwarae gemau fideo," awgrymodd Adrian. "Bydd Jakob yn ymarfer pêl-law, felly gawn ni fynd i'r seler."

Os ydy Jakob adre, fe sy'n cael *dibs* ar y seler. Mae e'n meddwl mai ei hawl e yw hynny achos fe yw'r hynaf. A hyd yn oed os bydden ni'n trio dadlau a dweud mai ni oedd yno gyntaf, sdim byd allwn ni wneud achos fe sydd bia'r PlayStation.

Dyma ni'n parcio'n beiciau tu allan i'r ysgol a cherdded ar draws yr iard.

Mae fy nosbarth i i gyfeiriad gwahanol iddyn nhw, felly dyma ni'n ffarwelio ar ôl cyrraedd y prif ddrws.

Y wers gyntaf oedd Astudiaethau Cymdeithasol gyda Johannes Helberg. Fe yw fy athro dosbarth i hefyd ac mae e'n dysgu tri phwnc – Saesneg, Gwyddoniaeth ac Ast. Cym.

Roedden ni'n siarad am ffobias ac ofnau gwahanol, a

gofynnodd e gwestiwn agored i'r dosbarth, "Beth yw'ch ofn mwyaf chi?"

Dyma atebion rhai:

"Llinellau tan."

"Corynnod."

"Siarcod."

"Uchder."

Edrychodd Johannes arna i. "Sander. Beth amdanot ti?"

Ofni bod y byrraf o hyd.

Ofni peidio cael cariad.

Ofni marw ar ben fy hunan.

"Nadroedd," atebais.

Dechreuodd Johannes sôn wedyn am sut y gall ofnau deimlo'n real iawn. Edrychais allan drwy'r ffenest. Roedd hen wraig yn cerdded heibio, yn tynnu cath ar dennyn, oedd yn rhyfedd iawn. Ro'n i'n meddwl mai holl bwynt cathod oedd nad oedd *rhaid* mynd â nhw am dro na'u golchi nhw na dim byd fel'na. Diflannodd yr hen wraig a'i chath rownd y gornel a gwelais fy adlewyrchiad yn y ffenest. Dyw fy nghorff i ddim mor ddrwg â rhai achosion eraill o SRS. O leia dyna ddwedai'r doctoriaid, ond mae 'mhen i ychydig yn rhy fawr. Na, ddim fy mhen i sy'n rhy fawr. Fy nghorff i sy'n rhy fach.

Ar ddiwedd y wers casglais fy mhethau a mynd am y drws. Wrth i fi adael y stafell, meddai Johannes, "Sander?"

Trois fy mhen i chwilio amdano.

"Alli di aros am funud?"

Nawr, dwi'n gwybod 'mod i heb fod mewn trwbwl o'r blaen, ond ro'n i'n gwybod nad cwestiwn oedd hwn go iawn. Ddim cwestiwn allen i ateb 'na' iddo, beth bynnag.

"Isie gair," meddai Johannes.

Eisteddais ar un o'r desgiau a'i weld e'n tynnu darn o bapur o ffolder. Roedd marciau coch drosto i gyd, ac ro'n i'n gwybod yn syth beth oedd e. Un o'r profion wnes i fethu.

"Dwi 'di edrych rhywfaint ar dy waith diweddara di," meddai Johannes. "Wyt ti 'di bod yn stryglo'n ddiweddar?"

Nodiais, a thynnodd ddarn arall o bapur o'r ffolder. Fy mhrawf gwyddoniaeth.

"Ges i air 'da rhai o'r athrawon eraill, ac mae'n debyg bod hyn yn digwydd mewn dosbarthiadau eraill hefyd. Norwyeg a Maths? A phob un tua'r un amser, ryw fis yn ôl."

Codais fy ysgwyddau.

Roedd golwg ddifrifol ar Johannes. "Sander, ydy popeth yn iawn gartre?"

"Be? Ydyn, syr!"

"Ti erioed 'di cael problemau o'r blaen..."

"Dwi 'di ffaelu ambell brawf, 'na i gyd."

"Wel, dim ffaelu yn union. Fel ti'n gwbod, mae'r graddau'n mynd o un i chwech, sef y marc gorau. Gest ti radd un. Mae un yn dal i fod yn radd. Dy'n ni ddim yn methu unrhyw un."

"Ond beth tasen i'n cael gradd un ym mhob pwnc?"

"Bydden ni'n cael help i ti cyn i hynny ddigwydd. Dyna pam ni'n cael y sgwrs 'ma nawr."

"Ond beth tasen i'n cael help, a dal yn cael un ym mhob pwnc? Beth fydde'n digwydd wedyn? Cael dy ddal yn ôl blwyddyn ysgol, ie?"

"Na, sneb yn cael ei ddal yn ôl."

"O."

"Pam ti'n gofyn hynna?"

Codais fy ysgwyddau. "Jyst meddwl."

Arhosodd am eiliad, cyn pwyso ymlaen yn ei gadair. "Ti'n meddwl alli di neud yn well yn y prawf nesa?"

"Ydw, syr."

Gwenodd. "A fi hefyd."

Pan ges i ganiatâd i adael, rhuthrais allan o'r stafell.

Am beth oedd e'n rwdlan? Pam ddiawl oedd e'n gofyn am adre? Dechreuais sylweddoli bod actio'n dwp yn syniad hollol, hollol stiwpid. Byddai'r rhan fwyaf o bobl wedi meddwl hynny o'r dechrau. A hefyd, doedden nhw byth yn dal plant yn ôl flwyddyn ysgol, a wnaeth i fi deimlo'n fwy stiwpid.

Ro'n i wedi bod yn meddwl y byddai pethau'n haws tasen i yn y flwyddyn odano. Wel, mae pawb yn meddwl 'mod i'n iau nag ydw i beth bynnag, ac ro'n i wedi meddwl byddai hynny'n rhoi amser i fi ddal i fyny â'r rhai yn yr un dosbarth â fi. O ran taldra, hynny yw. Ond ym mêr fy esgyrn, ro'n i'n deall na fyddai hynny wedi gweithio. Roedd y rhan fwyaf yn fwy na fi'n barod. Roedd e'n gynllun hollol wirion.

Ar ôl ysgol, daeth Filip draw i'r tŷ i chwarae Dragon Ball FighterZ. Hen gêm ddi-ddim, jyst dewis cymeriad yr un a dechrau ymladd.

Chwaraeais i yn erbyn Filip i ddechrau, ac ennill. Teimlais i'n rhyfeddol o hapus am ennill, ond efallai ddylen i ddim. Dwi ddim yn gallu curo'r bois mewn llawer o bethau ond mae hwn yn un ohonyn nhw. Dwi erioed wedi ymladd go iawn, a sdim amheuaeth mai colli fydden i yn erbyn Adrian a Filip.

Dwi'n cofio Dad yn dweud bod cryfder yn dod o'r tu fewn. Ond hawdd iddo fe ddweud hynny. Roedd e'n 185 centimetr o daldra ac yn gallu tynnu pysgodyn 20 cilogram i'r cwch ar ei ben ei hun. Doedd neb yn dadlau â dyn fel Dad.

Wedyn, chwaraeodd Filip yn erbyn Adrian, a Filip enillodd bron yn syth trwy daro cymeriad Adrian i'r llawr. Ond roedd Adrian yn ymladd yn ôl a llwyddodd i unioni'r sgôr ar ôl ambell ergyd galed. Ar ganol y rownd, cerddodd Jakob i mewn, gyda'i ffrind Preben.

"Iawn, bois," meddai Jakob. "Mas."

Atebodd Adrian ddim – roedd e'n brysur yn cicio cymeriad Filip yn ei wyneb.

"Glywoch chi? Amser mynd. Ta-ta." Mae Jakob wastad yn actio'n tyff pan mae ei ffrindiau yno.

Pan wnaeth Adrian ddim ymateb, haliodd Jakob y rimôt o'i law.

"Hei, paid! Ti gymaint o brat!" gwaeddodd Adrian, gan gicio coes Jakob.

"Ocê, digon." Taflodd Jakob y rimôt a dal Adrian ar y llawr. Allai ei frawd bach ddim cael y gorau arno tra oedd ei ffrind yn gwylio.

Er mai Jakob oedd y cryfaf o'r ddau, yn amlwg, mae Adrian yn llwyddo i gael ambell gic gas bob tro maen nhw'n ymladd, achos mae e'n gyfrwys ac yn chwarae'n frwnt ac mae rhywbeth arall yn gallu tynnu sylw Jakob yn hawdd iawn.

Daliodd Jakob Adrian yn dynn a cheisiodd y brawd bach dynnu'n rhydd.

Eisteddodd Preben ar y soffa a newid y teledu i Netflix, a dechrau fflicio trwy'r dewis. Edrychodd Filip arna i, codi ei ysgwyddau, a phenderfynu ei bod hi'n amser iddo fynd.

Ochneidiais.

"Jyst gad e fod, Jakob," dwedais. "Ni'n mynd."

Edrychodd Jakob arna i. "Gwd boi." Trodd yn ôl at Adrian. "Ti'n gweld, mae Sander yn *smart*. Mae e'n gwrando."

Gadawodd Adrian i fynd a chododd y ddau o'r llawr.

Wrth i Adrian a fi gerdded i fyny'r grisiau, clywais i Jakob yn gofyn i Preben, "Ti 'di ffeindio rhywbeth da?"

Ac yn sydyn, fel mellten, trodd Adrian yn ôl, rhedeg ar draws y stafell a chicio coes Jakob o'r tu ôl.

Sgrechiodd Jakob mewn poen wrth i Adran ddianc i fyny'r grisiau. Gwaeddodd Jakob, "Ladda i ti!"

Edrychodd Preben arna i a dweud, "Ti isie gweld *Inferno?*"

Codais fy ysgwyddau a mynd i eistedd ar y soffa wrth ei ymyl. Dwi erioed wedi ymladd gyda fy mrodyr. Hyd yn oed pan oedden ni'n fach. Ro'n i mor fach pan o'n i'n blentyn roedd pawb yn cymryd yn ganiataol nad oedd neb i fod i gyffwrdd yndda i. Ac fel'na roedd hi wedi bod erioed.

Er 'mod i mewn gwell lle ar yr eiliad honno – yn gwylio ffilm yn hytrach nag yn rhedeg oddi wrth Jakob y llofrudd – roedd rhan ohona i'n teimlo'n unig. Fydden i byth yn gallu curo rhywun fel Jakob oherwydd fy nghyflwr i, ond Adrian yw'r brawd bach a dylen i fod yn gallu ymladd ag e. Ddim 'mod i eisiau ymladd. Ond byddai'n dda meddwl 'mod i'n gallu taswn i eisiau.

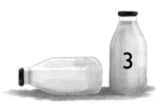

3

Yn y diwedd, cysylltodd yr ysgol â Mam. Ac aeth hi'n benwan! Roedd hi dan gymaint o straen yn y bore roedd hi bron â rhoi sudd oren yn ei choffi yn lle llaeth.

"Pam wedest ti ddim wrtha i?"

Rhoddodd y sudd yn ôl yn yr oergell ac estyn am y carton llaeth.

Os chi'n gofyn i fi, dylai'r ysgol fod wedi aros nes bod Mam yn y gwaith a fi yn yr ysgol cyn iddyn nhw gysylltu. Wedyn byddai wedi cael amser i gallio a meddwl cyn siarad â fi. Sdim angen drama fel hyn ar neb amser brecwast.

"Mae popeth yn iawn," dwedais wrthi. "Galla i neud yn well tro nesa."

"Ond mae'r athro'n dweud bod hyn 'di bod yn digwydd ers amser."

"O'n i jyst ddim yn gallu canolbwyntio."

Roedd rhaid iddi adael wedyn i fynd i'r gwaith, felly ges i lonydd. Ond ro'n i'n gwybod bod y sgwrs ddim ar ben. Eisteddais wrth y bwrdd ac edrychodd Jakob arna i dros ei fowlen.

"Ti isie cyngor 'da dy frawd mawr?"

"Ie?"

"Bydd yn llai stiwpid." Cododd a rhoi ei fowlen yn y sinc cyn gadael y gegin.

Fy mai oedd hynna. Os ydy Jakob yn cynnig cyngor, ddylen i ddweud na bob tro.

Roedd Adrian yn edrych arna i rhwng pob cegiad. Roedd e'n ymddwyn fel taswn i wedi troi'n dwp dros nos, a doedd e ddim yn gwybod beth i'w ddweud.

Ar ôl brecwast aethon ni i gwrdd â Filip a seiclo i'r ysgol gyda'n gilydd eto. Dwedodd Filip ei fod wedi cael Strange Brigade i'w Xbox a dylen ni fynd draw i'r tŷ ar ôl ysgol i chwarae'r gêm.

Fy ngwers gyntaf eto oedd Astudiaethau Cymdeithasol gyda Johannes. Roedd y wers am hysbysebu a sut mae wedi datblygu dros y blynyddoedd.

Yn y gwerslyfr roedd hysbyseb llaeth o'r 1950au. Roedd yn dangos llun o ddyn tal iawn yn dal carton o laeth ac yn edrych i lawr ar blentyn bach. Roedd y dyn yn dweud, *"Os wyt ti eisiau tyfu mor dal â fi, dal i yfed dy laeth."*

"Hei, Sander!"

Y bachgen oedd yn eistedd nesa ata i oedd e, Daniel. Mae e'n meddwl bod e'n gwybod popeth am bopeth. Trois fy mhen i edrych arno.

"Be?"

"Dylet ti yfed mwy o laeth."

Aeth rhai i chwerthin ond wnaeth y rhan fwyaf naill ai ddim clywed neu benderfynu ei anwybyddu. Ond roedd yn ddigon i roi rhyw hen wên wirion ar wyneb Daniel. A dyw e ddim yn un o'r bois talaf, beth bynnag. Ond wedyn, mae e'n dalach na fi, a hynna sy'n bwysig.

Edrychais ar fy llyfr eto. O dan y llun roedd e'n dweud bod llaeth yn llawn protein, fitamin D a chalsiwm, ac er nad yw e'n gallu gwneud rhywun yn dalach, gallai helpu plant i gyrraedd eu taldra potensial.

Ar ddiwedd y wers ro'n i'n meddwl am yr holl bethau dylwn i fod wedi'u dweud wrth Daniel.

Falle dylet ti gael jôc newydd!

Falle dylet ti gael bywyd go iawn!

Biti na allet ti yfed rhywbeth i wella dy frêns.

Atebion clyfar fel'na.

… Ond roedd hi'n rhy hwyr.

Es i gwrdd ag Adrian a Filip. Roedden nhw'n sefyll yn ein cornel arferol, gyda bachgen do'n i erioed wedi ei weld o'r blaen. Roedd ei ysgwyddau'n llydan a'i wallt yn fyr, fyr.

"Hei," dwedais wrth gerdded atyn nhw.

"Hei," meddai Adrian. Nodiodd at y bachgen newydd. "Dyma Niklas. Newydd symud yma o Haasund. Wedi dechre heddi."

"Haia. Iawn, mêt?" meddai'r bachgen. "Beth yw d'enw di?"

"Sander."

"Haia, Sander. O'n i jyst yn dweud nawr bod ramp beics tu ôl tŷ ni. Ni'n mynd draw ar ôl ysgol. Galli di ddod hefyd os ti moyn."

"Ni 'di trefnu i chwarae Strange Brigade ar ôl ysgol, yn do?" gofynnais.

"O, c'mon," medai Niklas, "gallwch chi chware gemau fideo unrhyw bryd."

Edrychais ar y bois, a chododd y ddau eu hysgwyddau.

Felly, ar ôl ysgol, dyma ni'n seiclo draw i dŷ Niklas. Roedd e'n byw yn ardal Rosk, sydd yn ne'r dref. Awgrymodd Niklas ei bod hi'n haws mynd ar hyd y brif hewl.

"Ond mae'n gynt mynd dan yr hewl a heibio'r siop cigydd," dwedais i.

Cododd ei ysgwyddau a dweud, "Iawn, cŵl."

Wrth seiclo roedd Niklas yn sôn am yr holl gampau mae e'n gallu eu gwneud ar y ramp. "Unwaith, 'nes i *tailwhip*, ond mae sbel ers hynny nawr, a dwi ddim 'di gallu neud un arall wedyn."

"Waw," meddai Filip. "*Awesome*. Mae Adrian yn dda am neud 180s."

"Hei, cŵl," meddai Niklas eto.

Roedd Niklas yn byw mewn tŷ coch gyda siliau ffenestri gwyrdd. Roedd golwg hen ar y lle, ond efallai bod hynny am nad oedd e wedi cael ei beintio ers blynyddoedd. Yn yr iard ffrynt roedd nifer o bethau ar y llawr – rhaca, sbrincler dŵr wedi torri, piben ddŵr – ac ar y stepen drws roedd pâr o welis. Roedd y lle'n flêr, o feddwl mai newydd symud i mewn roedd y teulu.

"Ffor' hyn," meddai Niklas gan ein harwain i gefn y tŷ.

Roedd y ramp yn yr ardd gefn. Roedd e'n fwy nag o'n i wedi ei ddychmygu ac ro'n i'n gwybod yn syth fyddwn i byth yn mynd arno. Ar y ffordd draw i'r tŷ ro'n i'n amau na fydden i eisiau cael tro, ond pan welais i e, ro'n i'n hollol sicr.

Ocê, dwi'n gwybod taw fi yw'r cachgi mwyaf erioed. Ond rhaid i chi ddeall, pan o'n i'n blentyn roedd pethau'n datblygu'n araf. Allen i ddim reidio beic nes 'mod i'n naw oed. Roedd meddwl am syrthio a chael dolur yn codi ofn arna i. A dwi'n dal i deimlo fel'na. Ond sdim ofn reidio beic arna i. Ddim go iawn. Dwi jyst ddim yn hoffi mynd yn glou na seiclo lawr rhiw na neidio off ramps. Dwi'n iawn yn reidio i'r ysgol a stwff fel'na. Heblaw yn y gaeaf pan mae'r hewlydd yn llithrig. Mae'r gaeafau'n reit fwyn ffordd hyn, ond dwi ddim yn siŵr ydy hynny'n beth da neu beidio. Fyddai neb yn gallu reidio beic mewn eira mawr, ond mae ychydig o farrug yn iawn i'r rhan fwyaf o bobl. Roedd Adrian a fi'n arfer cael lifft i'r ysgol gan Mam tan ychydig fisoedd yn ôl, pan ddechreuodd hi fynd i'r gwaith yn gynt yn y bore, felly seiclo ry'n ni ers hynny. Sai'n siŵr beth wna i pan ddaw'r tywydd oer. Alla i ddim dweud wrth fy ffrindiau fod arna i ofn ychydig o rew. Ddim pan mae fy mrawd bach yn perfformio'i 360s ar y ffordd i'r ysgol.

"Gallwn ni i gyd gymryd tro ar fy meic i," meddai Niklas, gan bwyntio at feic BMX sgleiniog coch oedd yn pwyso ar wal y tŷ.

"Well 'da fi 'meic i, diolch," meddai Adrian.

"Iawn, os ti moyn. Af i gynta. Dim ond dwy set o bads pen-glin a phenelin sy 'da fi. Ac un helmed. Nawn ni gymryd ein tro i'w gwisgo nhw."

Aeth Niklas yn gyntaf. Wnaeth e ddim un tric, dim ond naid gyffredin.

Aeth Adrian a Filip wedyn, ac yna dyma Niklas yn troi ata i. "Ti nawr."

"Na, mae'n iawn, diolch."

"Be ti'n feddwl?"

"Wel, twistes i 'mhigwrn cwpwl o ddiwrnodau'n ôl, felly well i fi jyst edrych."

Cododd Niklas ei ysgwyddau. "Iawn, lan i ti. Af i eto 'te."

Es i eistedd ar fainc a gwylio'r lleill yn mynd trwy eu pethau. Dechreuodd Adrian ymarfer ei 180s yn yr aer, a glanio'n reit dda bron bob tro.

Estynnais am fy ffôn a dechrau tynnu ambell lun. Ro'n i eisiau dal Adrian yn yr aer wrth iddo neidio off y ramp, ond roedd gormod o haul i gael llun da. Dwi wedi bod yn darllen ar-lein sut i dynnu lluniau da ar ddiwrnod heulog. Rhaid cael cefndir gwyn ar un ochr y person, i gydbwyso'r golau'n iawn ar y ddwy ochr. Mae'n bosib gwneud hyn trwy gael gwrthrych y llun i sefyll wrth ymyl wal wen, neu ofyn i rywun ddal darn mawr o bapur gwyn neu adlewyrchydd ar ochr arall y gwrthrych. Dwi ddim yn gwybod pwy fyddai'n fy helpu i i ddal y papur gwyn. Sdim lot o ddiddordeb gan bobl mewn ffotograffiaeth. Wel, ddim y bobl dwi'n eu nabod.

"Hei, be ti'n neud?" holodd Niklas gan ddod i eistedd wrth fy ymyl. "Tynnu lluniau?"

"Wel, ddim rili," atebais, a dangos y llun o Adrian yn neidio off y ramp. Dim ond ei gysgod oedd i'w weld, a dweud y gwir, ac roedd y golau llachar wedi creu rhyw fath o gylchoedd lliwgar ar draws y llun.

"Hei, ma hynna'n cŵl," meddai Niklas. "Artistig."

Codais fy ysgwyddau a rhoi'r ffôn yn fy mhoced.

Hedfanodd Filip dros y ramp a syrthio wrth lanio. Ond chafodd e ddim dolur. Cododd ar ei draed a dechrau tynnu'r padiau pen-glin.

"So, pam ti 'di symud fan hyn?" holais Niklas.

"Ro'dd Mam isie byw gyda'i chariad. Ei dŷ fe yw hwn."

"O."

"Ond dwi ddim yn ei nabod e'n dda iawn. Dim ond ers rhyw chwe mis maen nhw 'di bod gyda'i gilydd, ac ma Mam yn dweud ei bod hi'n mynd dim ifancach."

"Ydy e'n od byw gyda rhywun ti ddim yn nabod yn iawn?"

Cododd ei ysgwyddau. "Ydy, falle. Ond ma fe'n cŵl."

Galwodd Filip ar Niklas i ddweud mai ei dro fe oedd nesa.

"Iawn!" gwaeddodd Niklas yn ôl cyn troi ata i. "Ti'n siŵr ti ddim isie tro?"

Siglais fy mhen a dweud, "Na, dim heddiw."

"Iawn." Cododd o'r fainc a rhedeg draw at y ramp.

Gyrhaeddon ni adre tua pump o'r gloch, pan oedd swper bron yn barod. *Chilli* oedd i fwyd heno, sy'n un o fy hoff brydau i. Roedd Mam yn troi'r gymysgedd yn y pot a dwedodd y byddai'n barod unrhyw funud.

Gofynnodd hi i ni'n dau osod y bwrdd, felly aeth Adrian i nôl y platiau ac es i i nôl y gwydrau a'u rhoi yn eu lle.

Wrth agor y drôr cytleri, trodd Mam ata i.

"O, dwi isie tsieco dy waith cartre di wedyn."

Grêt. Dyw hi ddim wedi dweud hynna o'r blaen. Un wobr arall dwi wedi'i hennill am fod y twpsyn mwyaf erioed.

"Iawn," dwedais a chydio mewn pedair llwy.

"Ma lemonêd yn y ffrij os chi moyn," meddai Mam.

"Na, mae'n iawn, ga i lasied o laeth, plis."

Edrychodd hi arna i'n syn. "Ti ddim yn hoffi llaeth!"

"Dwi yn nawr."

4

Therapi hormonau tyfu. Dyna sut dwi wedi cyrraedd y taldra yma. Dyna beth mae'r doctoriaid yn ei ddweud beth bynnag. Dwi wastad wedi bod yn fach, hyd yn oed cyn fy ngeni. Yn y misoedd ar ôl i fi gael fy ngeni fe wnaeth y doctoriaid bob math o brofion i weld pam nad o'n i'n tyfu fel dylwn i, a pham nad o'n i'n derbyn y maeth yn iawn. Ro'n i'n gwrthod cael fy mwydo o'r fron, ac roedd rhaid i fi gael fy mwydo trwy diwb yn fy nhrwyn.

Wrth dyfu i fyny roedd pobl yn meddwl bod Adrian yn hŷn na fi. Ar ôl iddo fe gael ei eni tyfodd e'n fwy na fi mewn tua pum munud!

Dechreuais ar y driniaeth hormonau pan o'n i'n bedair, ac ers hynny dwi wedi bod yn cael brechiad bob nos cyn mynd i'r gwely. Mam oedd yn arfer rhoi'r brechiadau i fi, ond pan o'n i'n ddigon hen ro'n i'n gallu eu rhoi nhw i fi'n hun. Dyw hormonau tyfu ddim yn gweithio i bawb, ond roedden nhw'n gweithio i fi. Ac ar un adeg fach, fach roedd Adrian a fi'r un taldra hyd yn oed. Ond barodd e ddim yn hir.

Ers dechrau'r driniaeth dwi wedi bod yn ôl yn yr ysbyty bob chwe mis am *check-up*. Maen nhw'n gwneud prawf gwaed, yn mesur ac yn pwyso, i weld ydy popeth yn datblygu'n iawn.

Pan fydda i'n stopio tyfu byddan nhw'n stopio'r driniaeth, oherwydd fydd e ddim yn gweithio arna i rhagor.

Ar y bore Llun ges i gawod, bwyta brecwast a mynd â Frank am dro. Ond wnes i ddim mesur fy hun. Penderfynais nad o'n i eisiau difetha'r diwrnod cyn iddo ddechrau'n iawn.

Y dosbarth cyntaf gen i oedd Maths, sy'n anodd iawn yn gynnar ar fore Llun, ond wnes i 'ngorau i ganolbwyntio.

Ar ôl egwyl cerddais tuag at y stafell wyddoniaeth. Dechreuodd Johannes y wers trwy gyhoeddi bod prosiect gwyddoniaeth i fod i gael ei gwblhau erbyn diwedd y tymor, ac y byddai'n werth 60% o'r radd derfynol. Roedd rhaid i ni greu rhywbeth oedd yn weithredol, fel melin wynt neu generadur trydan, a dogfennu'r holl broses o'r dechrau i'r diwedd.

"Fyddwn ni ddim yn dechrau ar hyn yn syth bìn," meddai Johannes, "ond meddyliwch am beth hoffech chi neud. Os y'ch chi angen help ar beth i neud, holwch fi am unrhyw syniadau."

Cododd bachgen o'r enw Martin ei law.

"Alla i neud drysfa i fy llygoden fawr i?"

"Gawn ni siarad eto am fanylion y prosiect," meddai Johannes, "a dwi 'di rhoi'r holl anghenion ar-lein." Clapiodd ei ddwylo. "Nawr 'te, beth am ddechrau'r wers?"

Rhoddodd gyflwyniad byr ac yna ein rhoi mewn parau ar gyfer gwneud arbrawf.

Ar ôl y wers, es i nôl fy mhecyn bwyd o'r stafell ddosbarth a mynd i gwrdd ag Adrian a Filip. Ry'n ni fel arfer yn mynd i eistedd ar y grisiau i'r stafell athrawon i fwyta'n cinio. Ar ôl mynd rownd y gornel gwelais i'r bois yn eistedd ar y grisiau, yn siarad â Niklas.

"Be nawn ni ar ôl ysgol 'de?" holodd Niklas.

Tynnodd Filip frechdan o'i fag papur brown.

"Dwi'n meddwl bod ffilm yn y llyfrgell heddi," meddai Filip.

"Oes, ti'n iawn." Cnodd Adrian ei frechdan caws a salami. "Un o'r rhai *Pirates of the Caribbean*, dwi'n meddwl."

"O, ma hynna'n dda," meddai Niklas. "Ydy dy frawd bach yn dod hefyd?"

Do'n nhw ddim wedi sylwi 'mod i yna – heb fy ngweld i eto. Trois fy nghefn atyn nhw a mynd yn ôl rownd y gornel, o'u golwg.

Siaradodd Adrian a'i lais yn swnio fel tasai ei geg yn llawn. "Fy mrawd *mawr* i yw e."

"Na, Sander dwi'n feddwl."

"Ie, a fi."

Yn sydyn, do'n i ddim eisiau mynd atyn nhw i gael cinio. Es i'n ôl ar hyd y coridor, yr un ffordd ag ro'n i newydd ddod.

Does dim lot o ddewis o lefydd i fynd iddyn nhw i gael cinio, felly es i'n ôl i fy stafell ddosbarth ac eistedd wrth fy nesg. Do'n i ddim eisiau bwyd, ond fe fwytais i 'mrechdan twrci beth bynnag. Mae twrci'n uchel mewn protein, sy'n helpu i fagu cyhyrau.

Fy ngwers olaf oedd Ymarfer Corff, lle mae wastad un o dri pheth yn dod yn amlwg.

Nid fi yw'r cryfaf.

Nid fi yw'r cyflymaf.

Nid fi yw'r mwyaf.

Ar ôl cynhesu drwy redeg o gwmpas y gampfa cwpwl o weithiau, chwythodd Geir, yr athro, ei chwiban a chyhoeddi y bydden ni'n chwarae pêl-fasged.

Sy'n golygu, heddiw, bydd dau beth yn amlwg.

Nid fi yw'r cyflymaf.

Nid fi yw'r mwyaf.

Cawson ein rhannu'n ddau dîm, chwythodd Geir ei chwiban eto a dechreuodd y gêm.

Dim ond rhedeg i fyny ac i lawr y cwrt wnes i, yn chwifio 'mreichiau am y bêl tua'r adegau cywir ac esgus 'mod i'n becso. Rhaid esgus o leia, neu bydd Geir yn gwybod yn iawn os nad oes unrhyw fath o ymdrech.

Yna, pasiodd rhywun y bêl ata i. Ro'n i fwy neu lai ar ben fy hun o flaen y fasged, felly anelais am siot. Achos beth arall fedrwn i wneud? Fe wnaeth y bêl bron iawn gyrraedd y rhwyd cyn bownsio tu allan i linell y cwrt.

"Siot dda, Sander," meddai boi o'r enw Eivind, wnaeth fy ngwneud i'n flin. Does dim un o'r bechgyn eraill yn cael 'siot dda' am fethu'r fasged.

Mae Eivind yn fab i ddeintydd. Mae e'n cael graddau da ac mae e'n dal ac mae ei ddannedd yn wyn a'i wallt yn daclus. Y boi mwyaf perffaith yn y byd.

Wrth i ni redeg i lawr y cwrt, slapiodd Eivind fy ysgwydd i a dweud, "Paid poeni. Wnei di sgorio tro nesa."

Ro'n i eisiau ei frifo fe. Dwi'n gwybod ei fod e'n trio bod yn neis ond roedd hynny'n waeth. Alla i ddim dweud 'eff off' wrth bobl os ydyn nhw'n trio bod yn neis.

Hoffwn i ddweud 'mod i wedi sgorio wedyn, pan gefais i'r bêl yn fy nwylo. Sgorio tri phwynt hyd yn oed. Ond y gwir yw, am weddill y gêm, wnes i ddim trio sgorio. Bob tro roedd rhywun yn pasio'r bêl ata i, ro'n i'n ei thaflu hi'n syth at chwaraewr arall.

Ar ôl ysgol, cwrddais i â'r lleill wrth y safle beics.

"Ble o't ti amser cinio?" gofynnodd Filip.

"O'n i... ymmm..." esgusais i beswch, i brynu mwy o

amser i chwilio am reswm. "O'dd rhaid i fi weithio. Ma prawf 'da fi cyn bo hir."

"Ocê. Ni'n mynd i'r llyfrgell nawr i wylio *Pirates of the Caribbean*. Ti'n dod?"

"Na," atebais wrth ryddhau fy meic o'r rac. "I blant mae *Pirates*."

Es i ffordd wahanol iddyn nhw wrth gyrraedd yr ail rowndabowt. Stopiais wrth y siop i brynu litr o laeth. Es allan i'r maes parcio ac yfed y botel gyfan cyn ei thaflu i'r bin. Roedd e'n blasu'n afiach, ond yfais bob diferyn heb stop. Yna es i'n ôl ar y beic a seiclo mor gyflym ag y gallwn i.

Hanner ffordd adre, roedd rhaid i fi stopio i chwydu wrth ymyl y ffordd.

Gwthiais y beic am weddill y daith. Ro'n i dal i deimlo'n sic ac ro'n i eisiau mynd i 'ngwely i orwedd yn syth ar ôl cyrraedd adre. Roedd yr awyr iach yn help a phan gyrhaeddais ein stryd ni ro'n i'n teimlo lot gwell.

Efallai nad oedd angen i fi orwedd wedi'r cyfan. Dim ond eistedd yn llonydd a chwarae gemau fideo am gwpwl o oriau. Fyddai Jakob ddim adre am sbel, felly gawn i lonydd yn y seler.

Ar ôl cyrraedd y tŷ, gadawais fy meic ar lawr y dreif. Cefais sioc o weld bod drws y ffrynt heb ei gloi. Ond nid Jakob oedd adre, ond Mam.

"Haia, Sander," meddai wrth i fi gerdded i mewn i'r gegin.

"Pam ti gartre?"

"Wedais i wrthot ti 'mod i'n bennu'n gynnar heddi."

Ond ro'n i bron yn siŵr nad oedd hi wedi sôn wrtha i am hynny. Mae Mam yn gweithio oriau fflecsi, felly mae'n cael gadael y gwaith yn gynnar, ond dyw hynny ddim yn digwydd yn aml.

"Ble ma Adrian?" gofynnodd, gan ddechrau agor y post ar y wyrctop.

"Aeth e i'r llyfrgell. Gyda Filip a Niklas."

Gwgodd. "Pwy yw Niklas?"

"Bachgen newydd yn ei ddosbarth e."

"O, ocê. Wel, dwi'n falch bod ti gartre. Galli di ddod i helpu fi lawr yn yr eglwys."

Mae Mam yn gwirfoddoli weithiau yn yr eglwys. Dwi'n meddwl mai casglu pethau i ffoaduriaid mae hi. Neu'n dosbarthu pethau. Rhywbeth fel'na.

"Pam?" gofynnais. Do'n i ddim wir eisiau mynd i unman.

"Maen nhw 'di cael lot o gyfraniadau i mewn, felly ma'n rhaid sortio a phacio popeth. Galli di helpu i gario bocsys." Estynnodd am allweddi'r car o'r bachyn ar y wal a cherdded at y drws. "Dere, ma angen pobl gryf lawr yna."

"Pam na wnei di alw ar Adrian i helpu 'de?" dwedais yn dawel dan fy anadl.

"Be?"

"Dim byd," dwedais, a mynd ar ei hôl.

***

Parciodd Mam y car y tu allan i'r eglwys a cherddon ni'n dau i'r seler. Cawson ni'n cyfarch gan ryw hen ddynes wrth gyrraedd.

"O, gwych, chi 'ma," dwedodd wrth Mam. Roedd hi'n edrych o leia saith deg oed. Wel, efallai chwe deg. Mae'n anodd dweud faint yw oedran hen bobl.

"Ydyn," meddai Mam, " a dwi 'di dod â help. Dyma Sander, fy mab."

Edrychodd y ddynes arna i a rhoi ei dwylo at ei gilydd. "O, da iawn wir. Diolch o galon i ti am ddod. Agnes dwi. Dwi'n gwirfoddoli yn yr eglwys weithiau."

"Helô," dwedais.

"Ti'n gweld, ma gen i gefn tost. Dwi ddim i fod i gario pethau trwm."

Do'n i ddim yn siŵr iawn beth i'w ddweud, felly rhoddais nòd fach.

"Ni'n hapus i allu helpu," meddai Mam.

Gwenodd Agnes ac edrych arna i. Felly, rhoddais nòd arall.

"Reit, bant â ni 'te," meddai Mam.

Roedd rhes o focsys cardfwrdd wrth un o'r waliau. Cododd Mam a fi focs yr un a dilyn Agnes i stafell ymhellach i lawr y neuadd, oedd yn wag ar wahân i un bwrdd ac ambell gadair. Dechreuodd Mam ac Agnes agor y bocsys a sortio'r cynnwys ac fe gerddais i'n ôl ac ymlaen i nôl mwy o focsys.

Ac wrth gerdded sylwais ar ddrws y stafell nesa oedd ar agor. Y tu fewn roedd poteli a hambyrddau a rhywbeth a edrychai fel adlewyrchydd. Fel y rhai byddech chi'n defnyddio i dynnu lluniau ar ddiwrnodau heulog.

"Be sydd yn y stafell drws nesa?" gofynnais wrth roi bocs ar y llawr.

"O, ma lot o bethau gwahanol yn digwydd yma," meddai Agnes. "Ma'r mis yma yn Fis Ffotograffiaeth, felly ry'n ni wedi gwneud stafell dywyll a bydd gweithdai'n cael eu cynnal yma."

Edrychodd Mam i fyny o'r pentwr o ddillad oedd o'i blaen. "Ma Sander yn hoffi ffotograffiaeth."

"Ydy e, wir?" meddai Agnes. "Gwych. Dere 'da fi am eiliad. Af i nôl taflen i ti."

Dilynais hi i swyddfa fach a dechreuodd ymbalfalu yn nroriau'r ddesg. "Maen nhw yma'n rhywle…"

"Mae'n iawn," dwedais.

"Na, na, aros funud."

O'r diwedd daeth Agnes o hyd i'r taflenni o dan bentwr o bapurau. "Dyma ni. Cymer un," meddai, gan roi un yn fy llaw.

Edrychais ar y daflen ac roedd arni'r geiriau MIS FFOTOGRAFFIAETH mewn llythrennau bras. O dan y pennawd roedd y gair GWEITHDAI a chwech dyddiad gwahanol, ac ar y gwaelod roedd cyfeiriad yr eglwys. Doedd dim gwybodaeth am beth roedd y gweithdai'n ei gynnwys.

"Ma ffotograffydd lleol yn dod i'n helpu ni, i arwain y gweithdai a dangos sut i ddatblygu ffotos a phopeth."

Roedd hynny'n swnio'n cŵl iawn, ond do'n i ddim yn siŵr iawn sut roedd digwyddiadau'r eglwys yn gweithio. Fyddai'n rhaid i ni weddïo? Fydden ni'n sefyll mewn cylch yn dal dwylo a llafarganu wrth aros i'r lluniau ddatblygu?

"A dweud y gwir, roedd e yma'n gynharach, yn gosod pethau'n barod," aeth Agnes yn ei blaen. "Y ffotograffydd, hynny yw. Falle'i fod e yma o hyd. Gad i ni edrych yn y gegin."

Dilynais hi eto i mewn i gegin fach lle roedd hen ddyn yn eistedd wrth y bwrdd yn yfed coffi.

"O, dyma fe! Dyma Sander," meddai wrth y dyn. "Roedd e'n holi am y stafell dywyll."

"O, reit." Cododd y dyn o'r gadair ac estyn ei law ata i. "Vemund dwi."

Sneb yn siglo llaw yn yr ardal 'ma fel arfer, felly roedd hynny bach yn rhyfedd, ond cydiais yn ei law beth bynnag.

"Sander," dwedais.

"Ma Sander yn hoffi ffotograffiaeth," meddai Agnes, wrth ein cyflwyno.

"Ydy e wir?" gofynnodd Vemund.

Codais fy ysgwyddau.

"Ma'r gweithdy cyntaf nos Fercher am chwech o'r gloch. Croeso i ti ddod."

"Ie, falle."

"Ma fe am ddim."

"Bydda i yna," meddai Agnes. "Dwi wir isie gwbod sut ma'r broses yn gweithio."

Popiodd Mam ei phen i mewn drwy'r drws. "A, dyma ble wyt ti," meddai. "O'n i'n meddwl bod ti 'di rhedeg bant!"

"Ry'n ni'n esbonio'r gweithdai ffotograffiaeth i Sander," meddai Agnes.

Rhoddodd Vemund ei ddwylo yn ei bocedi. "Yn y wers gynta bydda i'n dangos sut i ddatblygu ffilm."

"Hei, ma hynna'n swnio'n hwyl," meddai Mam. "Gwranda, rhaid fi fynd nawr, ond bydda i'n ôl fory i helpu."

"Iawn, dim problem," meddai Agnes. Yna edrychodd arna i. "A falle welwn ni ti dydd Mercher."

Codais fy ysgwyddau a mynd gyda Mam.

Wrth baratoi i fynd i 'ngwely'r noson honno, rhedais lawr llawr i nôl fy Genotropin Pen o'r oergell. Mae hwn yn chwistrellu cymysgedd o hormonau tyfu a hydoddydd. Es i'r stafell molchi a rhoi nodwydd newydd yn y Pen. Yna, rholiais fy mocsyrs i fyny a glanhau top fy nghoes gyda weip alcohol cyn gwthio'r nodwydd i mewn.

Meddyliais am y gweithdy ffotograffiaeth a phenderfynu

fyddwn i ddim yn mynd, fwy na thebyg. Dwi ddim yn nabod neb sy'n mynd i ddigwyddiadau'r eglwys, a do'n i ddim yn awyddus iawn i dreulio fy amser sbâr gyda henoed y dref, a dweud y gwir.

Ond roedd un rhan fach ohona i'n chwilfrydig i wybod mwy am y broses ddatblygu. Efallai mai dyna'r unig gyfle gawn i i weld stafell dywyll go iawn.

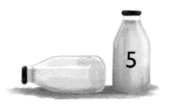

Y diwrnod wedyn, postiais lun ar Instagram. Yr un dynnais i o Adrian yn neidio oddi ar ramp Niklas yn yr heulwen.

Cafodd e 19 Hoffi.

Felly, tynnais y llun i lawr.

Sgroliais drwy fy nhudalen Instagram. Roedd merch yn fy nosbarth i, Tilla, wedi postio hunlun cwpwl o ddiwrnodau'n ôl. Roedd hi'n sefyll yn ei stafell wely ag un llaw ar ei chanol, ei phen wedi gwyro i un ochr, ac yn gwneud ceg sws. Roedd cannoedd o luniau tebyg ar Instagram. Roedd y goleuo'n wael ac yn y gornel dde roedd pentwr o ddillad ar y llawr. Llun cyffredin, diog, lle roedd y ffotograffydd wedi canolbwyntio ar un peth yn unig: gwneud i'w hun edrych yn dda. Doedd dim ystyriaeth o gwbwl i bethau fel cyfansoddiad, ongl a goleuo.

Cafodd e 253 Hoffi.

Caeais fy laptop a mynd lawr llawr.

Eisteddais o flaen y teledu a fflicio drwy'r sianeli ond doedd dim byd ro'n i wir eisiau ei wylio.

Yna cerddodd Adrian i mewn a dweud, "Ti isie mynd i dŷ Filip i chwarae Strange Brigade?"

"Nawr?"

"Ie, ma fe newydd decstio."

Codais fy ysgwyddau. "Iawn."

Wrth i fi wisgo fy nghot a sgidiau rhedodd Frank o'i le ar waelod y grisiau. Edrychodd arna i a siglo'i gynffon yn wyllt.

"Dim nawr, boi," dwedais.

Gwnaeth ryw sŵn bach nadu, a chosais y tu ôl i'w glust. "Af i mas â ti bore fory."

Doedd Frank ddim yn deall, wrth gwrs, a daliodd i nadu, yn y gobaith y baswn i'n newid fy meddwl. Ro'n i'n teimlo ychydig yn gas, ond byddai Frank yn siŵr o anghofio popeth unwaith i fi gau'r drws ar fy ôl.

Canon ni gloch drws tŷ Filip a daeth ei fam i'n gadael ni i mewn. "Ma fe lan lofft," meddai hi.

Aethon ni lan y stâr a gallwn glywed synau chwarae gêm yn dod o'i stafell. Daeth llais yn dweud, "Ie, o'n i'n arfer chwarae lot, ond wedyn ges i lond bol. Tyfu mas ohono fe, siŵr o fod."

Aethon ni i mewn i'r stafell, lle roedd Filip a Niklas yn eistedd ar y gwely yn chwarae hen fersiwn o FIFA.

Cefais fy synnu achos am ryw reswm do'n i ddim yn disgwyl i Niklas fod yna. A do'n i ddim yn siŵr sut ro'n i'n teimlo am hynny. Do'n i ddim yn siŵr o'n i'n hoff iawn o'r boi.

"O, haia," meddai Filip. "Jyst pasio'r amser, wrth aros i chi gyrradd." Caeodd y gêm a dechrau Strange Brigade.

Eisteddodd Adrian a fi ar y gwely hefyd a chydio mewn rheolydd yr un.

Dewison ni dasg newydd i bedwar chwaraewr a dewis cymeriad yr un. Wedyn daeth y cyflwyniad i stori pob cymeriad ond roedd hi'n anodd clywed y llais oherwydd roedd Niklas yn siarad o hyd.

"Unwaith, 'nes i ddwyn pedwar Toblerone mawr o'r Co-op yn Haasund. Rhoi nhw yn y bag a cherdded mas. Ro'n i ar y camera ond rhedais i mor glou, ffaelon nhw 'nal i!"

"Dy'n nhw 'mond yn edrych 'nôl ar y camerâu pan ma rhywbeth 'di digwydd," esboniais.

"Wel, na'th rhywbeth ddigwydd. Wnes i ddwyn pedwar siocled."

Rholiais fy llygaid.

"Eniwei," aeth Niklas yn ei flaen, "alla i fyth mynd i'r siop yna eto rhag ofn iddyn nhw 'nabod i."

Dechreuodd y gêm trwy ladd llond llaw o greaduriaid, ond doedd Niklas ddim yn canolbwyntio ac roedd e'n marw o hyd.

Buon ni'n lladd wedyn am ryw ddeg munud, cyn dod o hyd i hen le gwersylla gwag lle gallen ni gasglu mwy o arfau a ffrwydron.

Taflodd Niklas ei reolydd ar y gwely. "Ma hyn yn ddiflas. Chi ffansi dod draw i'r tŷ a mynd ar y ramp?"

Edrychais ar y lleill. Dim ond codi eu hysgwyddau wnaethon nhw a diffoddodd Filip y gêm. A dyna ni, gêm ar ben! A newydd ddechrau oedden ni!

Dwedais fod angen i fi astudio ar gyfer prawf, oedd yn hollol wir, ac es i am adre ar y beic.

Ar ôl cyrraedd adre, daeth Frank i gwrdd â fi wrth y drws ac eisteddais ar y llawr i'w fwytho.

Roedd Mam yn ei chadair, yn brysur ar ei ffôn.

"Ble ma dy frawd?" holodd.

"Aeth e i dŷ Niklas."

"O, a ti ddim isie mynd?"

"Na..." dwedais, gan grafu Frank y tu ôl i'w glust. "Dwi ddim yn siŵr ydw i'n hoffi Niklas."

Edrychodd i fyny o'i ffôn. "Pam ti'n dweud 'ny?"

"Sai'n gwbod. Ma fe wastad yn brolio am stwff. Ac yn dweud celwydd. Ma fe jyst yn foi annifyr."

"Wel, dwi'n siŵr nad yw hi'n hawdd iddo fe, fel y bachgen newydd. Falle dylet ti roi cyfle iddo fe."

Rholiodd Frank i orwedd ar ei gefn a dechreuais rwbio'i fol.

"Ie…"

O'n i'n gwybod ddylen i ddim fod wedi dweud wrthi, achos roedd hi siŵr o fod yn iawn. Mae mamau wastad yn iawn am y pethau 'ma.

6

Ychydig ddiwrnodau wedyn ro'n i'n eistedd yn fy stafell gyda'r lleill, yn gwylio *Rick and Marty* ar y laptop. Roedd Jakob yn y seler gyda'i ffrindiau ac roedd hi'n bwrw glaw tu allan, felly doedd gan neb well syniad na bod fan hyn. Ar ôl edrych ar bum pennod olaf cyfres tri, un ar ôl y llall, roedd pawb wedi diflasu.

"Sdim byd i neud ffor' hyn," cwynodd Niklas. Roedd e'n swnio fel rhywun o ddinas enfawr oedd newydd symud i dref fach, fach, ond roedd Haasund mewn gwirionedd yn llai na'n tref ni.

"Beth am wylio *Big Mouth*?" gofynnodd Adrian. Ochneidiodd pob un ohonon ni, ddim yn hoff iawn o'r syniad.

"Mae'n rhaid bod rhywbeth allwn ni neud heblaw gwylio Netflix," taerodd Niklas.

"Darts?" awgrymodd Adrian.

Roedd hynny'n well na dim, felly aethon ni i'r garej lle roedd hen fwrdd dartiau'n hongian ers i fi gofio. Doedd neb wedi ei ddefnyddio ers amser hir a do'n ni ddim yn siŵr ble roedd y dartiau'n cael eu cadw.

Pwyntiais at silffoedd ar y wal uwchben y fainc weithio. "Dylen nhw fod yn un o'r tuniau yna."

A dyma ni'n dechrau twrio drwy'r tuniau oedd yn llawn hoelion a phob math o jync. Ond doedd dim sôn am y dartiau.

Dechreuodd Filip edrych drwy ddroriau'r fainc weithio, ac edrychodd Adrian mewn hen focs llawn offer.

Pwyntiodd Niklas at gwpwrdd yn y gornel. "Beth yw hwn?"

"Cwpwrdd dryll Dad," meddai Adrian.

"O, ie, ie..."

"Ie, wir," meddai Adrian eto. "Roedd 'da fe ddryll. Roedd e'n arfer mynd i hela."

"Ti'n dweud wrtha i bod dryll yn fan'na?"

Nodiodd Adrian.

"Ti'n dweud celwydd."

"Na'dy," dwedais i. Dwi ddim yn gwybod pam ddwedais i hynny, ond do'n i ddim yn hoff o'r ffaith fod Niklas yn galw 'mrawd yn gelwyddgi, achos doedd e ddim.

Es i ochr arall y stafell i nôl yr ysgol oedd yn pwyso yn erbyn y wal. Gosodais yr ysgol yng nghanol y stafell a dringo i fyny fel 'mod i'n gallu cyffwrdd ag un o'r trawstiau. Estynnais fy mraich a theimlo ar hyd y trawst nes i fi gael gafael ar yr allwedd. Daliais hi i fyny yn fy llaw er mwyn ei dangos hi i bawb, a dringais i lawr.

Es i at y cwpwrdd, ei ddatgloi a'i agor. Ynddo roedd un dryll hela ac ambell focs o getris.

"Waw," meddai Niklas. "Ydy e'n gweithio?"

Codais fy ysgwyddau. "Dyw e ddim 'di cael ei ddefnyddio ers sbel, ond ydy, siŵr o fod."

Cododd Niklas y dryll yn ei ddwylo a theimlo ei bwysau. Wedyn rhoddodd e o flaen ei lygaid ac edrych drwyddo.

"Hei, paid chwifio'r dryll o gwmpas," dwedais.

"Paid poeni," meddai Niklas. "Sdim cetris ynddo fe."

"Hm, meddet ti," dwedais dan fy anadl.

Doedd Niklas naill ai ddim wedi 'nghlywed i neu roedd e wedi penderfynu peidio ymateb. Gadawodd i'w law lithro ar hyd y dryll.

Yna daeth sŵn car o'r tu allan.

"Rho fe 'nôl, glou!" gwaeddais.

Rhoddodd Niklas y dryll yn ôl yn y cwpwrdd a brysiais i'w gloi. Taflais yr allwedd i un o'r caniau hoelion a rhoddodd Adrian yr ysgol yn ôl yn ei lle.

Agorodd drws y garej, dreifiodd Mam i mewn a pharcio'r car, tra oedden ni i gyd yn sefyll yno, yn edrych arni, ddim yn gwybod sut i ymddwyn.

"Hei!" meddai wrth ddod allan o'r car. "Be chi'n neud fan hyn?"

Pwyntiodd Filip at y bwrdd dartiau. "O'n ni 'di meddwl chwarae darts."

Codais fy ysgwyddau a dweud, "Ond ffaelon ni ffeindio'r darts!"

Edrychodd Mam ar Niklas. "O, helô, dy'n ni ddim 'di cwrdd."

"Niklas dwi. Mae Mam a fi 'di symud yma o Haasund ychydig wythnosau'n ôl. I fyw gyda'i chariad."

"O, reit. Pwy yw cariad dy fam 'de?"

"Mikal Hegreberg."

"O, dwi'n nabod Mikal. Roedd fy nhad yn arfer gweithio 'da'i dad e. Dyn neis."

Gwenodd Niklas a nodio. Yna trodd i edrych arnon ni. "Well i fi fynd."

"Ie, a fi," meddai Filip.

Wrth iddo adael, meddai Niklas, "O ie, fory, os bydd hi'n braf, bydd y ramp allan eto. Chi'n dod draw?"

"Iawn," atebodd Adrian, gan godi ei ysgwyddau.

"Ocê," dwedais i, gan obeithio y byddai'n dal i fwrw glaw, fel bod esgus i beidio mynd.

Helpodd Adrian a fi i gario'r bagiau siopa o'r car. Yn syth ar ôl rhoi'r bagiau ar y cownter, daeth Frank ata i a dechrau swnian. Dyna beth sy'n digwydd pan mae ganddoch chi gi. Allwch chi ddim gwrthod mynd am dro, glaw neu beidio.

Stopiodd y glaw wrth i ni fynd am dro, felly penderfynais fynd am dro hir. Mynd heibio'r cae pêl-droed ac ymlaen i'r eglwys.

Croeson ni'r maes parcio a cherdded at y gwair lle mae chwech carreg gron wedi cael eu gosod mewn hanner cylch. Cafodd y cerrig eu casglu o Fôr y Gogledd a'u rhoi yma er cof am griw o bysgotwyr gollodd eu bywydau mewn damwain ar y môr naw mlynedd yn ôl. Mae pob carreg wedi ei ysgythru ag enw un o'r criw. Mae'r ail ar y chwith yn nodi enw Harald Dalen. Dad. Ond dyw e ddim yna. Dim un o'r lleill chwaith. Pythefnos ar ôl i wylwyr y glannau ddod o hyd i'r cwch, fe stopion nhw chwilio. Roedd pawb ar fwrdd y llong wedi marw, yn ôl pob sôn.

Ro'n i'n arfer breuddwydio weithiau byddai Dad yn dod 'nôl rhyw ddiwrnod. Ei fod wedi ei adael ar ynys bellennig ac yn ffeindio'i ffordd adre yn y pen draw. Ond wyddwn i fod hynny'n amhosib.

Dechreuodd Frank snwffian wrth un o'r cerrig. Tynnais ar y tennyn a throi am adre. Wrth gyrraedd pen pellaf y maes parcio, clywais rywun yn galw fy enw.

"Sander! Fan hyn!" Agnes oedd yno. Slamiodd ddrws y car ar gau a cherdded draw ata i. Roedd hi'n symud yn reit gyflym am hen wraig, chwarae teg. "Hei, Sander, dwi mor falch o dy weld di! Wyt ti'n mynd i'r dosbarth?"

Ro'n i wedi anghofio'n llwyr mai heno roedd y gweithdai ffotograffiaeth yn dechrau. Do'n i ddim yn awyddus iawn i dreulio amser gyda hen eglwyswraig a dyn dieithr.

"Na," atebais. "Dwi'n mynd â'r ci am dro."

"Wel, dylet ti ddod."

"Alla i ddim. Ma'r ci 'da fi." Nodiais at Frank. "Dwi ddim isie gadael Frank tu allan."

"O, gall y ci ddod mewn, paid poeni. Dwyt ti ddim isie colli hyn. Mae Vemund yn ffotograffydd gwych."

Doedd gen i ddim mwy o esgusodion, ac roedd rhan ohona i ychydig bach yn chwilfrydig, felly codais fy ysgwyddau a cherdded i mewn gyda hi.

Roedd y stafell dywyll wedi ei gosod â thair cadair yr un mewn tair rhes, a hongiai lein ddillad o un pen o'r stafell i'r llall. Roedd dyn tenau â mwstásh yn eistedd yn un o'r cadeiriau. Gwisgai gap pig a siaced *fleece* oedd yn edrych rhyw dri maint yn rhy fawr iddo. Safai Vemund o flaen y fainc weithio, a'i freichiau wedi'u plygu. Gwenodd wrth i ni gerdded i mewn.

"Helô! Dwi'n falch o dy weld di," meddai, a phlygodd i dapio pen Frank. "A phwy yw hwn?"

"Frank."

"Mae e'n hoffi ffotograffiaeth hefyd, ydy e?"

Codais fy ysgwyddau, achos pa fath o ateb oedd i hynna?

"Eisteddwch," meddai Vemund. "Arhoswn ni ychydig funudau i weld a ddaw rhywun arall."

Eisteddodd Agnes a fi, i orffen llenwi'r rhes flaen, a gorweddodd Frank wrth fy nhraed.

"Ydy hi'n bosib gwneud hyn adre?" gofynnodd Agnes.

Nodiodd Vemund. "Wrth gwrs, os ydy'r cemegion iawn gyda chi. Ac mae angen stafell sy'n gallu mynd yn hollol dywyll. Heb ffenest, yn ddelfrydol." Pwyntiodd at y sinc yn y gornel. "A chael dŵr a sinc os yn bosib."

"Roedd gan fy nhad-cu stafell dywyll," meddai'r dyn â mwstásh.

"O, oedd e wir?" Roedd Vemund yn swnio'n llawn diddordeb.

"Oedd. Roedd e'n dod o'r gogledd."

"O, dwi'n gweld."

"Hemnes."

"Sori?"

"Dyna enw'r dre. Yn sir Norland."

"O, iawn."

Doedd neb yn gwybod beth i'w ddweud wedyn, felly bu tawelwch am rai munudau.

Edrychodd Vemund ar ei watsh. "Af i mas i'r cyntedd i weld oes rhywun wedi mynd ar goll," meddai wrth adael y stafell.

"Cyffrous, on'd yw e?" meddai Agnes wrtha i.

Codais fy ysgwyddau. "Ydy." Ro'n i'n teimlo braidd yn anghyfforddus, ond roedd hi'n rhy hwyr i droi'n ôl nawr. Ac o leia gawn i weld sut roedd lluniau'n cael eu datblygu.

Yn fuan wedyn daeth Vemund yn ôl, caeodd y drws a chyhoeddi ei bod hi'n bryd i'r sioe ddechrau. Gosododd dri hambwrdd ar y bwrdd a'u llenwi â gwahanol gemegion.

"Dyma'r datblygydd, y bath atal a'r sefydlyn, sef y fficser," esboniodd. "Mae'r enwau'n esbonio beth ydyn nhw, a dweud y gwir. Yn y trei cynta rydyn ni'n datblygu'r llun, ac mae'r ail yn stopio'r broses ddatblygu. Mae'r fficser yn sefydlu'r ddelwedd trwy dynnu'r print arian sy'n sensitif i olau, sy'n golygu gallwn ni gymryd y llun i'r golau."

"Sdim rhaid cael y bath atal," meddai'r dyn â mwstásh.

"Mae'n bosib ei drochi mewn dŵr oer o'r tap."

Nodiodd Vemund. "Ie, pwynt da. Mae nifer o bobl yn defnyddio dŵr."

Cododd ddalen o bapur. "Dyma'r ddelwedd negatif o ffoto dynnais i flynyddoedd yn ôl. Mae'r delweddau negatif ar y strip yma yn fach iawn, felly rhaid defnyddio chwyddwr i gael maint llun. Mae'r chwyddwr yn taflu delwedd negatif ar bapur ffotograff. Ddangosa i ddim y broses honno i chi heno ond os y'ch chi isie gofyn rhywbeth, croeso i chi ddod ata i ar y diwedd."

Heb rybudd, croesodd y stafell a diffodd y golau, gan ein gadael mewn tywyllwch llwyr. Roedd hyn yn dechrau mynd braidd yn rhyfedd. Pryd fyddai'r llafarganu'n dechrau?

"A nawr mae angen y golau diogel," meddai Vemund. Ffliciodd y switsh a llenwyd y stafell â golau coch gwan. "Bydd y golau yma'n ein galluogi i weld yn well, heb wneud niwed i'r llun. Bydd unrhyw fwlb golau coch yn iawn. Mae papur ffotograffiaeth yn ansensitif i'r math yna o olau."

"Roedd Dad-cu yn defnyddio golau beic," meddai'r dyn â mwstásh.

"Iawn," meddai Vemund. "Byddai hwnnw'n gweithio'n berffaith. Nawr, gan nad oes nifer yma heddi, dewch yn agosach i weld yn union beth dwi'n neud."

Trodd y dyn â mwstásh at Agnes a fi, a dweud, "Ewch chi. Dwi'n gwbod sut i neud hyn."

Safodd Agnes a fi a mynd yn agosach at y bwrdd. Dyma Vemund yn gosod y papur roedd wedi ei baratoi gyda'r chwyddwr yn yr hambwrdd cyntaf a'i adael yn yr hylif am ychydig. Roedd ganddo amserydd i'w helpu i gofio'r amser.

"A nawr, aros i'r hud ddigwydd," meddai Vemund.

Rhythais ar y papur yn syn wrth weld y manylion yn

dechrau ymddangos arno. Llun gwylan oedd e, yn eistedd ar bolyn lamp. Roedd tri chwmwl perffaith mewn rhes yn y cefndir, fel tasai rhywun wedi eu gosod yno ar gyfer y llun.

Roedd e mor hardd.

Yna, defnyddiodd Vemund bâr o dongs i symud y papur o'r hambwrdd cyntaf i'r un nesa, y bath atal. Roedd hyn yn stopio'r broses ddatblygu. Wedyn, yr hambwrdd nesa oedd y fficser, i osod y ddelwedd yn ei lle.

Yn olaf, aeth i hongian y llun ar y lein ddillad.

Pan oedd y wers ar ben, dwedodd Vemund, "Gobeithio wela i chi i gyd tro nesa. A dewch â thiwb Pringles gwag, os gallwch chi. Byddwn ni'n gwneud camera ohono fe."

Wrth i fi a Frank gerdded adre, bues i'n pendroni am y gweithdy nesa. Do'n i erioed wedi clywed am wneud camera o diwb Pringles o'r blaen, ac ro'n i eisiau gwybod mwy. Ond doedd dim ots, achos dwi ddim yn meddwl af i eto. Roedd dysgu sut i ddatblygu lluniau yn ddigon, a do'n i ddim wir eisiau bod yng nghwmni hen bobl yr eglwys. Felly, fyddwn i ddim yn mynd eto.

Fyddwn i'n bendant ddim yn mynd eto.

Efallai...

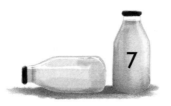

7

Y diwrnod wedyn, ro'n i'n eistedd wrth fy nesg yn edrych ar Johannes yn marcio papurau'r prawf diweddaraf. Oedd e wedi marcio fy un i eto, tybed? Gobeithio 'mod i wedi cael marc gweddol. Dwi byth wedi poeni lot am ganlyniadau profion, ond ar ôl esgus 'mod i'n dwp roedd e nawr yn teimlo'n bwysig i fi brofi'n hun. Duw a ŵyr pa fath o gwestiynau fyddai Johannes yn eu gofyn i fi nesa.

Roedd y dosbarth yn brysur yn darllen pennod am stigma cymdeithasol. Ro'n i'n trio canolbwyntio, ond roedd hi'n anodd.

Edrychais allan drwy'r ffenest. Roedd hi wedi bwrw glaw drwy'r nos. Roedd popeth yn wlyb, felly doedd hi ddim yn ddiwrnod da i fynd ar y ramp beics. Diwrnod i aros mewn a chwarae gemau fideo oedd hi. Efallai gallen ni fynd i dŷ Filip. Ro'n i'n ffansïo tro arall ar Strange Brigade.

Amser cinio, dwedodd Niklas, "Chi dal yn dod i'r tŷ ar ôl ysgol?"

"Ond mae 'di bwrw drwy'r nos," dwedais i. "Allwn ni ddim mynd ar y ramp."

"Wel, gallwn ni dal hongian obiti. Ma rhywbeth diddorol 'da fi i chi."

Felly, ar ôl ysgol, dyma ni'n mynd i dŷ Niklas.

Wrth i ni nôl ein beiciau o'r rac, dwedodd Niklas, "O ie, dwi 'di ffeindio ffordd gynt i fynd adre. Dilyn y brif hewl a wedyn mynd i lawr y stryd fach 'ma ac ar hyd Stryd Torolls."

"Dyw'r ffordd 'na ddim yn gynt," dwedais i. Edrychais ar Adrian a Filip i gael eu cefnogaeth, ond cododd y ddau eu hysgwyddau. "O wel," ychwanegais, gan fynd ar fy meic.

Roedd yr iard o flaen y tŷ wedi cael ei glanhau ers y tro diwethaf. Doedd dim llanast ac roedd y lawnt wedi cael ei thorri'n daclus.

Aethon ni i mewn i'r tŷ a thynnu ein cotiau a'n sgidiau. Roedd arogl fel atic yn y tŷ. Ond atic eitha glân. Doedd e ddim yn gwynto'n wael, jyst yn wahanol.

Cerddon ni i mewn i'r gegin a phwyntiodd Niklas at y cadeiriau a dweud, "Steddwch, os chi moyn." Eisteddodd pawb, ac aeth Niklas i'r oergell i nôl potel o gwrw.

"Pwy sy bia honna?" gofynnodd Adrian.

Agorodd Niklas y botel. "Fy llystad, ond sdim ots 'dag e. Ma fe'n cŵl amdano fe." Eisteddodd wrth y bwrdd a chymryd sip o'r botel, cyn ei rhoi i fi.

Cymerais y botel a chymryd llwnc o'r cwrw. Roedd e'n blasu'n afiach. Ac yn hen. Fel rhywbeth oedd wedi pasio'r dyddiad, ond doedd ddim yn flasus yn y lle cynta.

Estynnais y botel at Filip, a chymerodd e lwnc hefyd.

"W, neis," meddai, ond doedd yr olwg ar ei wyneb ddim yn dangos ei fod wir yn hoffi'r blas.

Pan ddaeth y botel ata i eto, codais hi at fy ngwefusau, ac esgus yfed. Mae'n bosib bod y lleill yn esgus yfed hefyd, achos roedd y cwrw fel tasai'n ddiddiwedd. Roedd hi'n rhyddhad pan yfodd Niklas y diferyn olaf a siglo'r botel i ddangos ei bod hi'n wag. Yna cododd a mynd i nôl un arall.

Wrth seiclo adre, do'n i ddim yn teimlo'n wahanol. Ond do'n i ddim wedi yfed lot. Roedd pawb yn poeni am y drewdod ar ein hanadl, felly dyma ni'n stopio i brynu gwm cnoi o'r siop. Roedd Filip eisiau diod oer, ac wrth gerdded draw at yr oergell gwelais y Pringles a meddyliais am Vemund. Oedd hi wir yn bosib creu camera o diwb Pringles? Ond doedd dim ots, achos ro'n i wedi penderfynu peidio mynd yn ôl.

Aethon ni at y til i dalu am y ddiod oer a'r gwm cnoi blas mint a blas cyrens duon. Wedyn penderfynais brynu un blas licris hefyd. I fod yn saff. Wrth i fi dalu fy siâr, stopiais am eiliad.

"Be sy'n bod?" holodd Adrian.

"Wow funud," dwedais, a rhedeg at y silff lle roedd y creision a dewis tiwb o Pringles blas *sour cream and onion*.

Yn y maes parcio, bwytodd pawb hanner pecyn o gwm yr un cyn seiclo am adre.

Pan gerddodd Adrian a fi i mewn i'r gegin roedd Mam yn sefyll wrth y stof yn coginio swper.

"Hei, Sander," galwodd. "Dwi isie gair."

Taflais gip ar Adrian. Cododd ei ysgwyddau a cherdded heibio.

"Gwaith cartre," meddai gan redeg i fyny i'w stafell.

A dyna pryd dwedodd Mam ei bod hi wedi ffeindio tiwtor i fi.

8

"Be?!"

Ro'n i wedi cael gymaint o sioc fe wnes i anghofio'n llwyr am y gwynt cwrw ar fy anadl. Do'n i ddim yn credu'r peth. Ro'n i'n sefyll yn y gegin, yn gwylio Mam yn coginio llysiau organig a ddim yn gallu credu 'nghlustiau.

Mae gan Mam ffrind sy'n fam i ferch yn yr ysgol. Ond nid unrhyw ferch, o na. Sofia. Y ferch glyfraf a'r ferch bertaf yn y flwyddyn. A rhywffordd roedd Mam a mam Sofia wedi cael y syniad gwych yma y gallai Sofia fy helpu i astudio.

Dechreuodd Mam droi'r llysiau. "Wel, dyw'r graddau ddim yn gwella, ydyn nhw?"

"Dyw hynna ddim yn wir!"

Trodd Mam y gwres i lawr ar y stof ac estynnodd ddarn o bapur i fi oddi ar y wyrctop. Y prawf mathemateg ges i'n ôl ychydig ddiwrnodau ynghynt. Mae'n rhaid 'mod i wedi ei adael yn rhywle ar ddamwain.

"Ond hen brawf yw hwn. Cyn nawr."

"Cyn beth?" dwedodd Mam.

"Cyn... ti'n gwbod... Cyn penderfynu gweithio'n galetach."

"Ond mae'n iawn gofyn am help, Sander. Jyst i neud yn siŵr bod pethau ddim yn mynd yn waeth."

Rholiais fy llygaid. Doedd hi ddim yn deall. "Dwi ddim yn mynd."

Diffoddodd Mam y gwres ar yr hob a thynnu'r sosban i un ochr. "Wyt, mi wyt ti. Mae Sofia 'di bod yn garedig iawn yn rhoi ei bore Sadwrn i helpu. Bydd hi'n dy ddisgwyl di."

Y diwrnod wedyn, ar ôl ysgol, ro'n i yn y tŷ ar ben fy hun. Roedd Mam yn dal i fod yn y gwaith, Jakob yn ymarfer pêl-law ac Adrian yn yr ymarfer band. Fisoedd yn ôl cafodd Adrian y syniad ei fod eisiau dysgu chwarae'r drymiau, ar ôl bod yn chwarae'r gêm Rock Band. Ac mewn tref fach, roedd rhaid iddo ymuno â band yr ysgol i ddysgu. Ond doedd pethau ddim wedi dechrau'n dda. Roedd e eisiau rhoi'r gorau iddi ar ôl dim ond ychydig o ymarferion ond mynnodd Mam ei fod yn aros am chwe mis o leia.

Es i lawr i'r seler i chwarae FIFA a chysgodd Frank wrth fy nhraed. Doedd chwarae yn erbyn y peiriant ddim yn hwyl.

Dylwn i fod wedi hyfforddi Frank i chwarae FIFA amser maith yn ôl.

Canodd cloch y drws a neidiodd Frank ar ei draed a rhedeg i fyny'r grisiau, yn llawn cyffro bod ymwelydd wedi cyrraedd. Stopiais y gêm a'i ddilyn.

Cydiais yng ngholer Frank a dweud wrtho am eistedd, cyn agor y drws. Niklas oedd yno.

"Haia," meddai.

"Haia."

Mae Frank yn trin pawb yn y byd fel ei ffrind gorau ac ro'n i'n gwybod ei fod yn ysu i ddweud helô, ond arhosodd ar y llawr.

Rhoddodd Niklas ei ddwylo yn ei bocedi. "Ydy Adrian 'ma?"

"Na, mae e yn yr ymarfer band."

"O, reit." Edrychodd ar ei sgidiau. "Wyt ti'n gwbod ble mae Filip? Dyw e ddim adre chwaith."

"Pêl-droed."

"O." Doedd dim golwg gadael arno, a do'n i ddim yn siŵr beth i'w ddweud. "Wel, be ti'n neud?" gofynnodd Niklas ar ôl tipyn.

"Chwarae gêm." Ac yna, oherwydd do'n i ddim yn gwybod beth arall i'w ddweud, dwedais, "Ti isie dod mewn?"

Wrth i Niklas gamu i mewn i'r tŷ safodd Frank o'i flaen, a'i gynffon yn siglo.

"Dyw e ddim yn mynd i symud tan i ti ddweud helô," esboniais.

"O, reit." Rhoddodd Niklas ei law ar ben Frank a dweud, "Helô." Edrychodd arna i a gofyn, "Beth yw ei enw fe eto?"

"Frank."

Daliodd Niklas i roi maldod iddo, ac ar ôl i Frank gael ei fodloni aeth i orwedd yn ei hoff le o flaen y grisiau.

Do'n i erioed wedi bod gyda Niklas ar ben fy hun o'r blaen, felly roedd yn deimlad od ei gael e yn y tŷ heb neb arall o gwmpas. Meddyliais y byddai FIFA yn syniad da achos does dim rhaid siarad wrth ei chwarae. Felly aethon ni i lawr i'r seler.

Eisteddais ar y soffa. "Wyt ti isie chwarae?"

"Ym, sai'n siŵr. Dwi ddim yn mwynhau gemau."

"Wel, ma FIFA yn hwyl. Ac yn hawdd. Ti jyst yn gwasgu'r botymau pan ma'r bêl yn agos ac fel arfer ma hynny'n ddigon."

Cododd ei ysgwyddau. "Iawn, ocê, pam lai?"

Chwaraeon ni yn erbyn ein gilydd, a chyn bo hir roedd Niklas yn dechrau mwynhau.

"Do'n i ddim yn gwbod bod pêl-droed yn gymaint o hwyl."

Edrychais arno. "Ti'm yn hoffi pêl-droed?"

"Na, dim rili. Gormod o redeg."

Es i i chwerthin. Dwi wastad wedi teimlo bod pêl-droed yn well ar sgrin. Does dim rhaid bod yn gyflym nac yn dal i gymryd rhan mewn chwaraeon ar PlayStation.

Baglodd Niklas un o'n chwaraewyr i tu fewn y bocs, felly cerdyn coch iddo fe a chic o'r smotyn i fi.

"Wps, sori," meddai.

"Sdim isie dweud sori. Ti fwy neu lai 'di rhoi fi ar y blaen." Sefais yn syth i baratoi, ac yna anelais am y gôl.

"Hei, dyw dy dad ddim 'ma, ydy e? Dwi ddim 'di gweld e o gwmpas y lle."

Aeth y bêl i'r rhwyd. Pedair gôl i dair i fi.

Roedd hi'n amser hir ers i fi gwrdd ag unrhyw un oedd ddim yn gwybod am Dad. A dyw hi byth yn hawdd i wybod pryd i ddechrau siarad am hynny. Felly dwi'n cadw'n dawel fel arfer. Ac yn y diwedd mae pobl yn holi.

"Na. Buodd e farw pan o'n i'n fach."

"O, sori."

"Mae'n iawn. Roedd e sbel yn ôl."

Sdim ots gyda fi siarad amdano, ond mae'n deimlad lletchwith pan mae rhywun yn holi heb wybod yr hanes. Fel tasen nhw'n teimlo'n wael am ofyn, a ddim wir yn gwybod beth i'w ddweud. Wedyn mae'r cwestiynau arferol yn dod – gan eu bod yn teimlo bod rhaid iddyn nhw holi, neu am eu bod yn chwilfrydig? Dwi ddim yn siŵr. Efallai'r ddau.

"Shwt ddigwyddodd e?"

"Damwain yn y gwaith. Pysgotwr oedd e, ac un diwrnod roedd storm anferth. Daeth gwylwyr y glannau o hyd i'r cwch y diwrnod wedyn. Yn bell o ble roedd e i fod, ac yn wag. Y criw cyfan wedi diflannu, a sneb yn hollol siŵr beth ddigwyddodd."

"Wow, anhygoel." Symudodd yn ei sêt. "Sori, dim anhygoel, ym, ond trist."

"Ie. Beth am dy dad di? Ydy e'n byw yn Haasund?"

"Na, yn Oslo." Anelodd am y gôl a tharo'r trawst. "Sai 'di gweld e ers sbel."

Roedd e'n od. Er bod y sgwrs yn un eitha trist ro'n i'n teimlo rhyw gysylltiad â Niklas am y tro cyntaf.

"Ti isie chwarae Gears of War?" gofynnais.

"Na, dwi ddim yn chwarae gemau saethu. Maen nhw'n boring."

Yr eiliad honno daeth Adrian a Filip i lawr y grisiau a dechreuon ni chwarae gêm arall er mwyn iddyn nhw allu ymuno.

"Sander a fi i neud tîm," meddai Niklas. "All neb ein stopio ni!"

Ond ymhen rhai munudau roedd Adrian a Filip yn ennill o bedair i ddim.

"O ie, sneb yn gallu'ch stopio chi!" meddai Adrian.

"Ni ddim 'di cynhesu'n iawn eto," meddai Niklas gan basio'r bêl i fi. "Hei, chi'n dod i tŷ fi fory?"

"Iawn," atebodd Adrian. A nodiodd Filip.

"Sori, sai'n gallu," dwedais.

"Pam?"

"Dwi 'di methu cwpwl o brofion a ma Mam 'di trefnu gwersi ychwanegol i fi. Dwi'n gorfod mynd i dŷ Sofia fory."

"Ar ddydd Sadwrn?" holodd Filip.

"Ie, dwi'n gwbod!"

"Jyst paid mynd," meddai Niklas. Gwenodd ac ychwanegu, "Heblaw bod hi'n *hot!*"

Rholiais fy llygaid, achos dyna'r math o beth twp fyddai Niklas yn dweud. Canolbwyntiais ar y gêm wedyn, driblo heibio dau amddiffynnwr a sgorio gôl.

"O, ie, a sôn am *hot*," meddai Niklas, a thynnodd ei ffôn o'i boced. "Drycha ar hyn." A dangosodd ei ffôn i fi.

Roedd llun merch tua deunaw oed ar y sgrin, yn gwisgo nics a bra les du.

"Merch dwi'n nabod o Haasund anfonodd e ata i."

Roedd e'n amlwg yn llun wedi cael ei dynnu mewn stiwdio gan ffotograffydd proffesiynol. Doedd e byth bythoedd yn ei nabod hi.

"Hei, be ti'n feddwl 'de?" gofynnodd. "'Na gorff, e?"

Stopiodd Adrian y gêm. "Be sy 'da ti?"

Pwysodd e a Filip ymlaen i gael golwg. "Wow!" meddai Filip. "Pwy yw hi? Dy gariad di?"

"Na, ond aethon ni mas cwpwl o weithiau."

"Wir?"

"Do!"

"Do, wrth gwrs..." dwedais.

Trodd Niklas i edrych arna i. "Be?"

"Dim byd," dwedais, gan hanner gwenu.

"Hei, os nad ti'n credu, drycha ar hwn 'de." Tynnodd waled o boced ei jîns. Agorodd y waled a dangos condom i ni.

Nodiodd y lleill, fel tasai hynny'n ddigon i brofi'r peth.

Gall unrhyw un gario condom yn ei waled. Dyw hynny ddim yn golygu ei fod wedi defnyddio un.

Ailddechreuais y gêm. Roedd Niklas wedi mynd yn ôl i fod yn hen gnec eto.

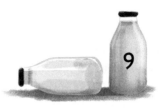

Do'n i wir ddim eisiau mynd i dŷ Niklas i weld ei ramp 'anhygoel' eto. Ar ddiwrnod arall mewn bydysawd arall byddwn i wrth fy modd yn mynd draw i dŷ merch ar fore dydd Sadwrn. Dwi'n meddwl. Doedd hynny ddim wedi digwydd o'r blaen wrth gwrs, dim ond i bartïon pen-blwydd fyddwn i'n mynd pan o'n i'n fach, neu fynd draw i chwarae. Do'n i erioed wedi bod yn un swydd i weld merch. Ond nid dyna'n union oedd hyn chwaith.

Dan yr amgylchiadau, do'n i ddim yn teimlo llawer o gyffro wrth fynd i dŷ merch bertaf yr ysgol i gyd. Cyn hyn, dim ond unrhyw fachgen arall o'n i iddi hi. Wel, 'y bachgen byr' siŵr o fod. Roedd y ffaith nad oedd hi'n gwybod unrhyw beth amdana i yn well na'i bod hi'n meddwl amdana i fel twpsyn oedd angen help gyda'i waith cartref.

Ond y peth oedd, doedd dim wir angen help arna i. Gallwn i fynd draw i'r tŷ a dangos 'mod i'n gwybod popeth a dyna ni. Fyddai ddim rhaid mynd yn ôl wedyn.

Parciais fy meic o flaen tŷ Sofia, ac wrth ganu'r gloch teimlais ryw gynnwrf yn fy mol. Yr unig reswm ro'n i yna oedd oherwydd bod Mam wedi siarad â'i mam hi i drefnu hyn. Doedd dim rhaid teimlo'n nerfus. Dim ond teimlo cywilydd. Y ddau beth.

Agorodd y drws, a dyna ble roedd hi. Yn sefyll yno mewn hwdi a jîns. A gwên ar ei hwyneb.

"Haia," meddai. "Dere mewn."

Dilynais hi i'r gegin.

"Ti'n iawn?" gofynnodd.

"Ydw. Ti?"

"Ydw, grêt. Edrych ymlaen at astudio ar fore dydd Sadwrn."

Do'n i ddim yn siŵr sut i ymateb i hynny, felly rhythais arni.

"Jôc!" A gwenodd eto.

"Sori. Siŵr bod pethau gwell 'da ti i neud na hyn."

"Na, mae'n iawn. Ddim dy fai di. Syniad gwych y ddwy fam. Siŵr bod pethau gwell 'da ti i neud hefyd."

Gwenais. "Oes." Sofia yw un o'r merched byrraf yn y flwyddyn. Ro'n i o leia 4 centimetr yn dalach na hi.

"Ti isie diod?"

Siglais fy mhen.

"Ocê," meddai. "Awn ni lan i'n stafell i?"

Dilynais hi i fyny'r grisiau. Ro'n i'n dechrau difaru peidio gofyn am wydraid o ddŵr achos roedd fy ngheg i'n hollol sych yn sydyn.

Doedd stafell Sofia ddim fel ro'n i wedi dychmygu. Ddim 'mod i wedi meddwl lot am ei stafell hi wrth gwrs, a dwi ddim yn siŵr beth ro'n i'n disgwyl. Llenni les gwyn falle, a dwfe a chlustogau pinc â geiriau arnyn nhw. Ond roedd y lle mor cŵl. Doedd dim posteri ar y waliau, fel sydd yn fy stafell i, ond roedd un wal wedi ei gorchuddio â recordiau feinyl. Roedd gwydr gwag ar y bwrdd bach wrth ymyl ei gwely ac roedd y stafell yn berffaith lân. Oedd hi wastad mor daclus â hyn neu oedd hi wedi tacluso cyn i fi gyrraedd? Yr un cyntaf, siŵr o fod, neu byddai wedi cael gwared o'r gwydr dŵr hefyd.

Nodiais fy mhen at y wal. "Cŵl."

"O, diolch."

"Ti'n hoffi miwsig?" Ro'n i wedi difaru gofyn yn syth, achos roedd e'n swnio mor dwp. Wrth gwrs ei bod hi. Pwy sydd ddim yn hoffi cerddoriaeth?

"Ydw, ond sai'n gwrando ar recordiau chwaith. Dim ond addurno'r wal maen nhw. Roedd Dad yn mynd i'w taflu nhw."

Nodiais eto. "Wel, maen nhw'n cŵl."

"Diolch," meddai hi eto.

"So," meddai, gan dynnu cadair o'r gornel draw at ei desg. "Ble ti moyn dechrau?"

"Maths falle?" Tynnais fy llyfr o 'mag i a'i agor ar y bennod ar rannu ffracsiynau a symleiddio ffracsiynau. Dangosodd Sofia'n sydyn iawn sut i wneud un. Ac wedyn, meddai, "Ti isie i fi ddangos un arall?"

Siglais fy mhen. "Na, dwi'n deall nawr, dwi'n meddwl."

"Ocê. Gwna di rai ar ben dy hunan a gofynna os gei di broblem."

"Iawn," dwedais a dechrau arni. O'n i'n gwybod sut, fwy neu lai, ond roedd hi'n anodd canolbwyntio. Ro'n i mewn stafell merch ac roedd hi'n edrych dros fy ysgwydd, fel tasai'n athrawes neu rywbeth. Edrychais ar y wal y tu ôl i'r ddesg. Roedd hi'n llawn lluniau ohoni hi a'i ffrindiau. A llun o'i chath. Pwyntiais at y llun a dweud, "Ti bia'r gath?"

"Ie. Hedvig."

"Hedwig, fel tylluan Harry Potter?"

Oedodd am eiliad. "Na, *Yr Hwyaden Wyllt*."

Mae'n rhaid bod golwg ddryslyd arna i achos dwedodd hi, "Y ddrama."

Siglais fy mhen.

"Henrik Ibsen?"

"O, reit, Ibsen." Doedd gen i ddim cliw. Efallai bod angen gwersi ychwanegol arna i wedi'r cyfan.

Gwenodd. "Ie, dwi'n gwbod bod enwi cath ar ôl cymeriad gan Ibsen braidd yn *dorky*."

Siglais fy mhen eto. "Na, mae'n enw da. Ma ci 'da fi o'r enw Frank."

"Pa fath o gi yw e?"

"Croes rhwng terier Jack Russell a *beagle*." Dwedais wrthi fod Frank yn hoffi gorwedd ar waelod y grisiau ac mai fi oedd fel arfer yn mynd ag e am dro. A do'n i ddim yn teimlo'n nerfus rhagor achos roedd hi'n hawdd iawn siarad â Sofia.

Ar ôl tipyn, dyma hi'n nodio i gyfeiriad fy llyfr gwaith. "Shwt mae'n mynd?"

Wrth iddi blygu'n agosach i weld, syrthiodd darn o'i gwallt ar fy mraich. Roedd hi'n arogli fel fanila. Mae hynna siŵr o fod yn swnio fel rhyw gerdd ramantus i gariad, pan mae'r bardd yn dweud, "aroglai fel rhosyn" neu "edrychai mor ffres â diwrnod cynta'r gwanwyn", ond wir, roedd hi'n arogli'n union fel fanila.

"O, ti'n neud yn dda," meddai.

Edrychais ar y swm ro'n i ar ei hanner ac am ryw reswm dwedais, "Ond symud yr X fan hyn?"

Ro'n i'n gwybod bod hynny'n anghywir.

Symudodd Sofia gudyn o'i gwallt y tu ôl i'w chlust a gwenodd. Nid gwên nawddoglyd, ond gwên paid-poeni-byddi-di'n-iawn. Dechreuodd esbonio eto o'r dechrau a nodiais yn y llefydd cywir i gyd.

Ar ôl gorffen, aeth â fi at y drws.

"Yr un pryd wythnos nesa?"

Gwenais. "Grêt."

Fy nghynllun oedd mynd yno ac ateb pob un cwestiwn yn gywir a gadael iddi wybod do'n i ddim angen ei help. Ond roedd hi wedi gwenu ac wedi bod yn hawdd siarad â hi ac wedi arogli fel fanila.

Ac ro'n i eisiau ei gweld hi eto.

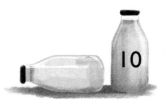

Ar y dydd Mercher, es i i'r eglwys, ar gyfer ail weithdy ffotograffiaeth Vemund. Y sesiwn pan fydden ni'n troi tiwb Pringles yn gamera.

Wrth adael y tŷ gofynnodd Adrian i fi ble ro'n i'n mynd, a dwedais 'mod i ar fy ffordd i dŷ Sofia. Dwi ddim yn gwybod pam ddwedais i gelwydd, ond dyna ddwedais i heb feddwl. Mae treulio amser gyda hen bobl mewn eglwys yn swnio braidd yn rhyfedd a dweud y gwir, a dwi ddim yn gwybod a fyddai Adrian yn deall. Roedd e'n gelwydd digon credadwy oherwydd roedd fy mag ar fy nghefn, a gallai hwnnw fod yn llawn llyfrau. Ond fyddai e byth yn disgwyl i fi ddweud celwydd. Pam fyddwn i? Ond dim ond pedwar peth oedd yn y bag – ffôn, allweddi, waled, tiwb o Pringles.

Cerddais i mewn i'r stafell dywyll jyst ar ôl chwech o'r gloch. Yn lle rhes o gadeiriau roedd bwrdd yng nghanol y stafell. Ar y bwrdd roedd bocs yn llawn teclynnau fel cyllyll crefftio a thâp. Safai Agnes yn y gornel, yn siarad â Vemund. Gwenodd a chwifio'i llaw arna i pan gerddais i mewn.

"Haia, Sander."

Nodiodd Vemund a gwenodd yntau hefyd.

Doedd y dyn â'r mwstásh ddim yna. Efallai ei fod e'n

gwybod sut i wneud camera o diwb Pringles. Efallai ei fod e wedi gwneud un gyda'i dad-cu. Efallai ei fod e wedi gwneud deg camera o un tiwb Pringles wrth sefyll ar ei ben ac yfed gwydraid o ddŵr.

Pan ddechreuodd y sesiwn dwedodd Vemund wrthon ni am eistedd wrth y bwrdd.

"Byddwn ni'n neud rhywbeth gwahanol heno," meddai. "Gewch chi neud bach o waith. Gweithdy yw hwn wedi'r cyfan!"

"Ydy Karl yn dod?" gofynnodd Agnes.

Karl oedd y dyn â'r mwstásh, am wn i.

"Na, roedd rhywbeth arall mlaen gydag e heno. Mae'n mynd i drio dod i'r sesiwn nesa. Ydy pawb wedi cofio dod â'r tiwb Pringles?"

Tynnais fy un i o'r bag.

Roedd Agnes wedi anghofio. "Popeth yn iawn," meddai Vemund. "Lwcus i fi ddod ag un sbâr. Nawr, y peth cynta i neud yw torri'r tiwb yn ei hanner."

A dyna pryd gofiais i fod y tiwb yn llawn Pringles.

"Popeth yn iawn," meddai Vemund eto. "Mae gen i ateb." Cydiodd yn y tiwb ac aeth allan o'r stafell. Ymhen rhai munudau daeth yn ôl, yn cario llond bowlen o Pringles. Rhoddodd y bowlen ar y bwrdd a rhoi'r tiwb gwag yn ôl i fi.

Bwytodd un o'r creision. "Mmm. *Sour cream and onion* yw fy hoff flas."

"W, dwi ddim 'di trio'r rhain," meddai Agnes, gan gymryd llond llaw o'r bowlen. Ar ôl eu blasu daeth i'r casgliad eu bod yn flasus iawn. "Chi'n gwbod beth, fe wnes i greision fy hunan unwaith."

"Do wir?"

"Gyda dim ond halen. Ond ro'n nhw'n eitha blasus, rhaid dweud."

"Falle gawn ni sesiwn ar sut i neud creision rywbryd," awgrymodd Vemund.

"O na, sai'n credu," chwarddodd Agnes. "Sai'n athro da iawn." Gorffennodd y creision oedd yn ei llaw. "Ddim fel chi."

Edrychais ar y ddau. Roedd hyn yn dechrau troi'n rhyfedd. Yn sydyn, ro'n i'n gweld eisiau Karl, y dyn â'r mwstásh.

Dechreuodd y ddau siarad wedyn am datws, popeth am datws. Roedd Agnes yn hoff o wneud tatws drwy'u crwyn, a thri math gwahanol o datws wedi'u stwnsio. Roedd Vemund yn arfer pobi bara tatws ac roedd hyd yn oed wedi creu batri tatws, oedd wedi goleuo bwlb am bedwar diwrnod cyfan.

Gwthiodd Vemund y bowlen o greision yn agosach ata i, gan nodio fel tasai'n dweud wrtha i am eu bwyta. Siglais fy mhen. Ro'n i wedi dod yno i wneud camera, nid i fod yn rhyw gwsberen yn y canol ac i sôn am datws. Doedd dim arwydd o greu camera, ac ro'n i'n dechrau meddwl am bicio allan yn dawel bach, heb i neb sylwi. Ond yna dwedodd Vemund, "Iawn, bant â ni."

Cydiodd mewn tiwb a dweud y byddai'n dangos i ni beth i'w wneud, ac y dylen ni ei gopïo.

Felly dyma ni'n torri'r tiwbiau yn eu hanner a'u glanhau i gael gwared o unrhyw friwsion mân. Gyda hanner gwaelod y tiwb, torri twll bach gyda phìn bawd. Dyna ffenest y camera. Yna, gosod papur cwyr dros y pen arall a rhoi'r caead yn ôl i ddal y papur yn ei le. "Bydd y caead a'r papur cwyr fel rhyw fath o sgrin led dryloyw i'r camera," esboniodd Vemund, wrth i ni roi tâp o gwmpas y ddau hanner i'w rhoi'n ôl gyda'i gilydd, a'r twll bach yn y gwaelod. Wedyn, rhoi ffoil alwminiwm o gwmpas y tiwb i gyd a'i dapio yn ei le.

"W, fedra i ddim aros!" meddai Agnes.

"Wel, dwi'n ofni bydd *rhaid* aros," meddai Vemund. "Mae angen goleuni i weld unrhyw beth. Mae'n gweithio orau ar ddiwrnod heulog."

"O wel, os felly…" a chododd o'i chadair, "oes rhywun isie paned o de? Dwi'n rhoi'r tegell mlaen." A gadawodd y stafell heb aros am ateb.

"Sut mae hwn yn gweithio?" gofynnais.

"Dal y tiwb wrth dy lygad ac wrth edrych trwyddo byddi di'n gweld beth mae'r camera'n gweld. Ond bydd popeth wyneb i waered."

"Ond sut mae tynnu llun?"

"O, ddwedes i ddim byd am dynnu llun. Gwneud camera ddwedes i, a dyna ni. *Camera obscura.*"

Wrth gwrs. Does dim posib creu camera go iawn o diwb Pringles! Ac ro'n i'n teimlo'n hollol dwp am gredu hynny. Penderfynais mai dyna'r gweithdy olaf i fi, a ges i'r teimlad fyddai Agnes a Vemund ddim yn gweld fy ngholli o gwbwl.

Pan gyrhaeddais adre roedd beiciau Filip a Niklas yn y dreif. Gallwn glywed lleisiau'n dod o'r gegin, ac er syndod, roedd Niklas yn eistedd wrth y bwrdd yn siarad â Mam.

"Haia, Sander," meddai Mam wrth i fi gerdded i mewn. Fel tasai popeth yn hollol normal.

Pwyntiodd Niklas at blât ar y bwrdd. "Bisged?"

Siglais fy mhen. "Ble ma Filip ac Adrian?"

Arllwysodd Mam fwy o goffi iddi hi ei hun. "Yn y seler yn chwarae War of Gears."

"Gears of War," dwedais.

"Ie, hwnnw. Roedd Niklas isie saib o'r holl saethu."

Gwenodd Niklas. "Ry'n ni mewn oedran lle mae pethau'n

gallu dylanwadu arnon ni. Dyw gemau saethu ddim yn iach, ti'n gwbod."

"Wyt ti'n meddwl bod cysylltiad rhwng trais a gemau fideo?" gofynnodd Mam. Mae'n gofyn cwestiynau fel hyn yn aml. I wneud i ni feddwl.

"Wel, sdim prawf bod cysylltiad pendant rhwng y ddau beth," atebodd Niklas.

Nodiodd Mam a dweud, "Pa mor dreisgar yw'r gêm 'ma?"

Edrychais ar y ddau. "Dwi'n mynd i'r seler," dwedais, a gadael y stafell.

Yn y seler roedd Adrian a Filip ar ganol gêm, felly gwyliais y ddau'n chwarae am dipyn. "Y'ch chi'n gwbod bod Niklas yn sglaffio bisgedi ac yn siarad â Mam am drais a gemau fideo?"

Roedden nhw'n rhy brysur yn chwarae'r gêm i glywed, felly ches i ddim ateb.

Ar ôl iddyn nhw adael, dwedodd Mam, "Dwi'n hoff o Niklas. Mae'n foi da."

"Ydy," dwedais. "Gallu bod."

Roedd prawf Astudiaethau Cymdeithasol ar y gorwel, felly penderfynodd Sofia a fi y byddai'n syniad da i ni adolygu gyda'n gilydd. Roedd y ddau ohonon ni'n eistedd yn ei stafell ac roedd hi'n rhoi tips i fi ar sut i gofio prif bwyntiau Cytundeb y Cenhedloedd Unedig.

"Dwi'n creu acronyms i helpu fi i gofio. Hen dric, dwi'n gwbod, ond mae'n gweithio i fi. Rhaid i ti ffeindio beth sy'n gweithio i ti."

Edrychais ar fy llyfr, lle roedd prif nodau ac egwyddorion y Cenhedloedd Unedig wedi eu rhestru.

"Iawn..." dwedais. "Beth am Hamster 'Di Cael Gwely – HDCG?"

"Beth yw hwnna?"

"Heddwch rhyngwladol, datblygu perthnasau cyfeillgar, cydweithredu rhyngwladol a gweithredu cytûn."

Chwarddodd Sofia. "Os yw e'n gweithio i ti!"

Am yr hanner awr nesa buon ni'n creu acronyms ar gyfer amcanion y Cenhedloedd Unedig a'r holl bethau roedden nhw wedi'u cyflawni yn y gorffennol.

Daeth cnoc ar y drws a daeth dynes i mewn – mam Sofia, am wn i.

"Helô," meddai.

Edrychodd Sofia i fyny o'i llyfr. "Haia. O'n i'n meddwl bod ti yn y gwaith heddi."

"Dwi wedi bod. Jyst gadael i ti wbod bod *lasagne* i swper."

"Ocê."

Trodd ei mam i edrych arna i, fel tasai'n disgwyl i fi ddweud rhywbeth.

"Helô," dwedais.

Pwyntiodd Sofia ei phensil i 'nghyfeiriad i. "Dyma Sander. Ti'n gwbod, yr un dwi'n helpu i astudio."

"O, wrth gwrs. Haia, Sander."

"Haia."

"Sut ma dy fam?"

"Iawn, diolch."

"Da iawn. Ocê. Wna i adael llonydd i chi." Roedd hi ar fin cau'r drws, pan newidiodd ei meddwl. "Gadwn ni'r drws ar agor," meddai, cyn mynd i lawr y grisiau.

Chwarddodd Sofia eto a siglo'i phen. "Paid poeni amdani hi. Mae'n gallu bod yn rhy amddiffynnol weithiau."

Ceisiais anwybyddu hynny, ond ro'n i'n gwenu tu fewn. Er mai dim ond y bachgen mae Sofia'n ei helpu ydw i, mae ei mam yn dal i deimlo bod angen cadw'r drws ar agor.

Sylweddolais mai dyna'r tro cyntaf i fi gwrdd ag unrhyw un arall o'i theulu. "Ble ma dy dad?" holais.

"Mae'n byw yn weddol agos. Naethon nhw ysgaru cwpwl o flynyddoedd yn ôl."

"O, sori."

"Na, sdim isie i ti fod yn sori." Gwenodd. "Maen nhw'n bendant yn well fel ffrindiau."

Ac yna – oherwydd roedd hi'n teimlo fel yr eiliad iawn, er nad oedd hynny byth yn wir – dwedais, "Sdim tad 'da fi."

Edrychodd arna i. "Nag oes e?"

A dwedais y stori i gyd.

Ar ôl gorffen, dwedodd hi, "Ma hynna mor drist, Sander," gan gyffwrdd â fy mraich. Am un eiliad fach.

Ar ôl gorffen y gwaith cerddodd Sofia gyda fi at y drws. "Ti'n teimlo'n well am y prawf nawr?"

"Ydw, yn bendant."

"Hei, falle dylen ni gael rhifau ffôn ein gilydd."

"Wir?" Yn sydyn, roedd fy nghalon yn curo'n gyflymach. Dyna'r tro cyntaf i ferch ofyn unrhyw beth fel yna i fi.

Cododd ei hysgwyddau. "Ie, galli di anfon neges os oes unrhyw gwestiynau 'da ti am y prawf."

"O ie." A gyda hynny dylai curiad fy nghalon fod wedi arafu, ond wnaeth e ddim am ryw reswm.

Rhoddodd hi fy rhif yn ei ffôn. "'Na i anfon tecst fel bod fy rhif i 'da ti."

Cerddais yr holl ffordd adre, gan wthio'r beic, oherwydd ro'n i'n tsiecio fy ffôn bob munud. Yn fuan, daeth tecst. Ond nid gan Sofia. Adrian oedd e, yn dweud wrtha i am gwrdd â nhw y tu allan i'r hen ysgol gynradd ar ôl gorffen. Roedden nhw wedi bod yn chwarae ar yr hen gwrs rhwystrau oedd yna. Ond pan gyrhaeddais i, roedd pawb yn eistedd wrth y meinciau.

Rhoddais fy meic ar y llawr a mynd atyn nhw. Wrth i fi eistedd, pingiodd fy ffôn. Tecst gan rif anghyfarwydd. *Rho wybod os byddi di angen help i roi hamster yn y gwely. :-)*

Gwenais. Ceisiais feddwl am ateb clyfar, ond methu wnes i. Dim ond teipio 'Iawn' a chadw'i rhif.

"Pwy ti'n tecstio?" gofynnodd Adrian.

"Sofia." Rhoddais fy ffôn yn fy mhoced. "Jyst stwff ysgol."

"Sut ma'r astudio'n mynd?" holodd Filip.

"Iawn."

"Pa mor iawn?" gofynnodd Niklas. "Oes rhyw berthynas athrawes-plentyn yn mynd mlaen fan hyn?"

"O, cau dy geg," mwmiais, gan wneud iddo chwerthin. A chwarddodd Adrian a Filip hefyd.

"Allwn ni fynd i rywle, a neud rhywbeth?" holais.

Doedd gan neb syniad gwell na mynd yn ôl i'n tŷ ni. Aethon ni ar y beics a seiclo'r ffordd fer adre drwy'r goedwig. Wrth ddod i'r llannerch roedd goleuadau coeden Nadolig Kaland i'w gweld, yn disgleirio yng ngolau diwedd pnawn.

Gwasgodd Niklas ei frêcs, a stopio'n stond. Edrychodd ar y goeden.

"Waw, beth yffach yw hyn?"

"Tŷ'r hen Kaland," meddai Filip. "Dyn bach od."

"Dwi'n gallu gweld!"

"Ma fe'n meddwl bod hi'n Ddolig," meddai Adrian.

"Wel, ma isie i rywun ddangos bod hi ddim."

Aeth Niklas oddi ar ei feic a cherdded at y goeden. Cydiodd mewn cadwyn o oleuadau a'i thynnu'n galed, fel bod y golau i gyd yn diffodd. Yna, taflodd nhw ar y llawr a dechrau stompio ar y bylbiau bach.

Do'n ni ddim wedi gwneud unrhyw beth i'r hen ddyn ers pan o'n ni'n blant, ac roedd gwneud rhywbeth fel hyn yn teimlo'n anaddas ac yn ddiangen. Ro'n i'n siŵr bod Adrian a Filip yn teimlo'r un peth, ac arhosais iddyn nhw ddweud rhywbeth, ond wnaethon nhw ddim. Yn lle hynny, aethon nhw hefyd oddi ar eu beics a dechrau tynnu addurniadau o'r goeden a'u taflu nhw ar y llawr.

Roedd hyn mor anghywir.

Ac mor greulon.

Dylwn i fod wedi dweud rhywbeth. Ond wnes i ddim. Pan rowliodd pelen Nadolig ata i, gwasgais hi dan fy nhroed, a'i thorri'n ddarnau mân. Daeth golau ymlaen yn nhŷ Kaland.

"Crap!" gwaeddodd Niklas. Aeth pawb yn ôl ar eu beics a seiclo oddi yno. Rhoddais un stomp olaf i'r belen a phedlo ar eu holau fel y gwynt.

Chysgais i fawr ddim y noson honno. Roedd fy meddwl yn crwydro'n ôl i'r hyn ddigwyddodd yn nhŷ Kaland. O fewn eiliadau, roedd ei addurniadau hardd yn bentwr o sbwriel.

Dim ond un dorrais i. Wnaeth hynny ddim gwahaniaeth go iawn i'r goeden. Roedd hi wedi cael ei dinistrio. Ond ro'n i'n teimlo'n wael, oherwydd dylwn i fod wedi dweud rhywbeth. Dweud wrthyn nhw am stopio.

Ond hyd yn oed taswn i wedi dweud rhywbeth, fydden nhw ddim wedi gwrando arna i. Ar Niklas roedd Adrian a Filip yn gwrando erbyn hyn. Ro'n i'n hŷn nag e, ond fe oedd yr un oedd yn cael eu parch – ro'n i'n arafach ac yn wannach a ddim yn tyfu'n dalach na 153 centimetr.

Sylweddolais 'mod i'n crio pan deimlais y gobennydd yn wlyb gan fy nagrau.

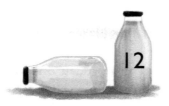

12

Dydd Sul oedd hi drannoeth. Er 'mod i heb gysgu llawer, deffrais yn gynnar. Rhoddais fwyd i Frank a gwisgo er mwyn mynd ag e am dro. Wrth adael y tŷ penderfynais fynd â fy nghamera Olympus, felly dwedais wrth Frank am aros a rhedais i fyny'r grisiau i'w nôl.

Dyna'r camera ddechreuodd fy niddordeb mewn ffotograffiaeth yn y lle cyntaf. Ychydig flynyddoedd yn ôl ffeindiais focs o hen bethau Dad yn y seler. Hen gylchgronau pysgota, ambell CD a phentwr o lyfrau. Heblaw am ei ddillad roedd Mam wedi cadw popeth. Os nad oedd lle iddyn nhw o gwmpas y tŷ roedd pethau'n cael eu cadw mewn bocsys yn y garej a'r seler. Dwedodd hi wrtha i rywbryd ei bod hi'n methu'n deg â thaflu unrhyw beth fyddai'n ei hatgoffa hi ohono fe.

Roedd y camera yn y bocs ac wrth i fi ei ddal ac edrych arno, gwasgais fotwm ar ddamwain ac agorodd drws bach ar gefn y camera. Roedd rholyn o ffilm ynddo o hyd. Er gwybodaeth – dyw hi ddim yn beth da i agor camera a'r ffilm ynddo oherwydd mae'r golau'n effeithio arno a gall y lluniau gael eu difetha. Ond do'n i ddim yn gwybod hynny ar y pryd. Caeais y cefn a theimlo'n grynedig, achos roedd hi'n bosib bod lluniau ar y ffilm. Lluniau roedd Dad wedi eu tynnu cyn iddo farw.

Dwedais wrth Mam, ac aeth y ddau ohonon ni i'r siop ffotograffiaeth i ddatblygu'r ffilm ychydig ddiwrnodau wedyn. Roedd menyw'r siop yn siarad fel pwll y môr ac yn gofyn cwestiynau am yr hen gamera. Esboniais fod cefn y camera wedi agor ar ddamwain a 'mod i wedi sylwi ar y rholyn o ffilm. Dwedodd hi ei bod hi'n bosib bod rhai, neu bob un o'r lluniau wedi eu difetha, a'r unig ffordd i weld oedd eu datblygu.

Pan ges i'r lluniau'n ôl wythnos yn ddiweddarach, roedd fy mol yn troi achos roedd hi'n bosib y byddwn i'n cael darn bach o Dad yn ôl. Darn bach do'n i ddim yn gwybod ei fod ar goll. Oni bai fod pob llun wedi ei ddifetha. Wrth dynnu'r lluniau allan o'r amlen, roedd fy nghalon yn curo'n wyllt a 'nwylo i'n crynu. Roedd rhan ohona i'n disgwyl gweld llun o Dad – oedd ddim yn gwneud synnwyr achos fe oedd yn dal y camera.

Dim ond naw llun oedd yn yr amlen, felly doedd y ffilm ddim wedi ei gorffen. Roedd y lluniau cyntaf ohonon ni. Adrian yng nghôl Mam. Jakob ar ei feic. Yn un llun roedd Jakob yn rhoi ei freichiau o gwmpas Adrian a fi. Roedd wedi ei dynnu o uchder ac roedden ni i gyd yn edrych i fyny, yn gwenu'n wirion. Roedd Dad yn siŵr o fod yn sefyll ar ben rhywbeth ac yn edrych i lawr arnon ni. O'n i tua chwech oed yn y llun ac Adrian yn bump, ond ro'n i dipyn byrrach nag e.

Roedd y pump llun olaf wedi eu difetha. Tri ohonyn nhw'n niwl i gyd (yn hollol ddu), felly doedd gen i ddim syniad beth oedd arnyn nhw. Roedd dau arall rywfaint yn niwlog, a'r lluniau'n aneglur. Roedd un llun o safle adeiladu wrth i'r haul fachlud, a chysgod craen enfawr o flaen awyr oren. Golygfa ryfedd i dynnu llun ohoni. Ond beth oedd yn fwy rhyfedd oedd ei fod yn llun hardd. Neu, fe fyddai wedi bod yn hardd oni bai am y niwl drosto.

Rhoddais y lluniau yn ôl yn yr amlen a gofyn i Mam allwn i gael ffilm newydd i'r camera.

A dyna sut dechreuodd y diddordeb mewn ffotograffiaeth. Dwi ddim yn defnyddio'r camera analog yn aml oherwydd mae'n ddrud i brynu ac i ddatblygu'r ffilmiau.

Rhoddais y camera yn fy mag cefn, yn ogystal ag allweddi a waled a hwdi arall rhag ofn iddi oeri. Do'n i ddim yn siŵr lluniau o beth i'w tynnu. Y cynllun oedd cerdded yn ddigyfeiriad a stopio i dynnu llun unrhyw beth diddorol.

Aeth Frank a fi heibio parc chwarae bach ar waelod ein stryd, ac roedd pioden yn eistedd ar ben y si-so. Ro'n i'n meddwl y byddai'n gwneud llun gwych ond roedd criw yn eistedd wrth y meinciau, felly arhosais i ddim. Byddwn i'n teimlo'n wirion yn stopio i dynnu llun, a phobl yn edrych arna i.

Cerddon ni hyd at ddiwedd y stryd a throi'r gornel. Roedd Frank yn tynnu tuag at y goedwig oherwydd dyna ble fydden ni'n mynd fel arfer. Ond do'n i ddim eisiau mynd heibio tŷ Kaland ar ôl beth ddigwyddodd, ond roedd Frank yn mynnu, felly dyna ble aethon ni.

Y tu allan i'w dŷ roedd yr addurniadau Nadolig yn dal yn shitrwns mân ar y dreif. Roedd y goleuadau bach ar y llawr a gwydr wedi malu dros y lle. Ond roedd un addurn yn dal i fod yn gyfan. Angel gwydr. Roedd y ddelwedd o'r angel perffaith yng nghanol yr addurniadau a'r gwydr wedi torri yn hardd ac yn drist ar yr un pryd. Rhoddais dennyn Frank ar y llawr a dweud wrtho am aros, ac estynnais am fy nghamera. Es ar fy nghwrcwd ac edrych drwy'r lens. Penderfynais leoli'r llun fel bod yr angel yn y blaen ar waelod y gornel dde, a'r llinyn o oleuadau bach yn ffurfio siâp S yn y cefndir. Rhoddais y ffocws ar yr angel a gwasgu'r botwm.

Codais yr angel ac edrych arno. Roedd e'n hen. Dydyn nhw ddim yn gwneud addurniadau fel yna rhagor. Ro'n i'n falch ei fod yn gyfan. Er bod y rhan fwyaf o'r addurniadau'n ddarnau, roedd yr un peth unigryw yma yn dal yn gyfan. Dylwn i ei roi'n ôl ar y goeden, meddyliais.

Yna sylwais fod Frank yn dechrau sniffian o gwmpas y darnau bach gwydr.

"Na, Frank." Tynnais ar ei dennyn a'i arwain at y pafin, a dweud wrtho am eistedd wrth y polyn lamp. Penderfynais dynnu ei lun, felly dyma fi'n plygu i lawr a rhoi ffocws y camera ar ei drwyn. Wrth i fi wasgu'r botwm clywais sŵn y tu ôl i fi. Sŵn rhywun yn sefyll ar wydr. Dyma Frank yn cyfarth. Sefais yn syth, troi, ac edrych yn syth i lygaid y dyn. Ond nid Kaland oedd yn rhythu arna i ond Vemund.

Edrychodd yn syn. "Sander?"

"Ie…" llyncais. "Be chi'n neud fan hyn?"

"Dwi'n byw 'ma."

Edrychais arno, yn gegagored. Sut gallai Vemund fyw yn y tŷ yma? Naill ai roedd Kaland wedi marw neu roedd rhywbeth rhyfedd iawn yn digwydd.

Plygodd Vemund ei ben ar ongl. "Wyt ti'n iawn?"

"Ydw… o'n i… yn meddwl mai rhywun arall oedd yn byw fan hyn."

Gwenodd. "Wel, y tro dwetha i fi edrych, fy nhŷ i oedd e." Pwyntiodd at arwydd wrth y drws. A dyna fe. *Vemund Kaland.*

Ond doedd hynny ddim yn gwneud unrhyw synnwyr o

gwbwl. Doedden nhw byth yr un person. Byddwn i wedi sylwi. Roedd Kaland yn ddyn gwallgo ac unig. Roedd Vemund yn ddyn cyffredin a charedig ac yn gwybod popeth am dynnu lluniau.

Pwyntiodd Vemund at fy llaw. "Fi bia hwnna."

Edrychais ar yr angel oedd yn fy llaw o hyd. "Ie," dwedais a'i roi iddo.

Cymerodd e'r angel a'i sychu â'r sgarff oedd ganddo o gwmpas ei wddw.

"Paid poeni," meddai. "Dwi'n gwbod nad ti na'th hyn. Digwyddodd e ddoe. Glywes i nhw'n rhedeg i ffwrdd, yn chwerthin a gweiddi." Gwenodd wên fach flinedig. "Plant."

"Ie," llyncais fy mhoer. "Plant." Roedd fy ngheg i'n sych grimp, a llyncais eto sawl gwaith.

"Ychydig wythnosau'n ôl, roedd diwrnod cofio marwolaeth fy ngwraig."

"O," dwedais. Ro'n i wedi drysu a doedd gen i ddim geiriau.

"Ie," meddai. "Un deg chwech o flynyddoedd yn ôl."

Yna sylweddolais beth ddylwn i ddweud. "Mae'n ddrwg 'da fi."

"Roedd hi'n caru'r Nadolig," aeth yn ei flaen. "Caru popeth amdano. Byddai'n prynu anrhegion ac addurniadau Nadolig drwy'r flwyddyn. Pobi saith math gwahanol o fisgedi Nadolig, oherwydd dyna'r traddodiad, a byddai'n llenwi'r tŷ ag aroglau macarŵns cnau coco a bisgedi bara sinsir. A doedd hi ddim yn gadael i fi eu blasu nhw tan noswyl Nadolig."

Do'n i ddim eisiau clywed mwy. Roedd fy mhen i ar fin byrstio. Roedd e'n ormod.

"Roedd hi'n gwneud popeth yn yr un ffordd bob blwyddyn, felly byddwn i'n gadael llonydd iddi. Ond un peth roedd y ddau ohonon ni'n neud gyda'n gilydd oedd addurno'r goeden Nadolig."

Ar yr eiliad honno, doedd dim byd allai wneud i fi deimlo'n waeth. Roedden ni wedi troi ei atgofion yn fynwent o addurniadau wedi torri. Ac i beth? Jyst am ein bod ni eisiau? Am sbort? Doedd e ddim yn ddoniol o gwbwl nawr.

"O'n i'n hiraethu amdani, felly bues i'n addurno'r goeden. Falle bod hyn yn swnio'n hollol wirion i ti."

"Na." Siglais fy mhen. "Na, ddim o gwbwl."

Edrychodd arna i a gwenu'n wan. "Dwi'n gwbod dyw hi ddim yn Nadolig."

Codais fy ysgwyddau. "Na."

"Olympus sy 'da ti?"

Edrychais ar y camera oedd yn dynn yn fy llaw. "Ie."

"Camera annisgwyl i rywun o dy oed di. Faint wyt ti? Un deg chwech?"

Edrychais arno. Dyna'r tro cyntaf i rywun feddwl 'mod i'n hŷn nag ydw i. Erioed.

"Un deg pump," atebais.

"A." Nodiodd. "Wel, ma fe'n gamera da."

Nodiais.

"Wel, gan dy fod di yma, falle allet ti helpu i glirio'r llanast 'ma?"

Ddwedais i ddim byd. Do'n i ddim yn gwybod beth i'w ddweud na'i wneud.

"Aros, af i i nôl brwsh iti," meddai Vemund, a cherddodd at y garej.

Roedd fy mhen i'n troi.

Daeth Vemund yn ôl ac estyn brwsh i fi. "Dechreua di gyda'r darnau bach o wydr ac fe dafla i'r darnau mwy i'r bin."

Ro'n i'n teimlo'n chwil ac roedd rhaid i fi adael. Yr eiliad honno. "Ond... rhaid i fi fynd."

Rhoddais y brwsh yn ôl iddo, cydio yn nhennyn Frank a'i heglu hi fel y gwynt, heb edrych yn ôl.

Roedd hi'n anodd canolbwyntio yn yr ysgol y diwrnod wedyn. Roedd fy meddwl yn troi'n ôl at Kaland a Vemund, Vemund a Kaland. Sut gallen nhw fod yr un person? Do'n i ddim wedi gweld Kaland ers blynyddoedd, oherwydd doedd e ddim yn mynd allan yn aml. Roedd Vemund yn weddol debyg i'r dyn ro'n i'n ei gofio, am wn i. Ond ro'n i'n methu deall. Roedd un yn wallgo a'r llall yn normal.

Ar ôl ysgol, roedd fy meddwl yn crwydro eto wrth drio gwneud fy ngwaith cartref. Trio meddwl am ryw bethau rhyfedd roedd Vemund wedi eu dweud yn y gweithdy ffotograffiaeth oedd yn esbonio ei wallgofrwydd. Yr unig beth gallwn i feddwl amdano oedd pan oedd yr ail sesiwn yn dechrau'n hwyr gan ei fod yn brysur yn bwyta Pringles a siarad ag Agnes. Ond doedd hynny ddim yn wallgofrwydd. Nid gwallgo fel roedd Kaland yn wallgo.

Wedyn ceisiais feddwl am y pethau gwallgo roedd Kaland wedi eu gwneud pan o'n ni'n blant, ond ro'n i'n methu meddwl am ddim byd.

Penderfynais ofyn i Adrian. Roedd e'n eistedd ar ei wely yn darllen *The Walking Dead*.

"Cwestiwn," dwedais gan eistedd wrth ei ddesg. Edrychodd arna i.

"Ocê..."

"Ti'n gwbod Kaland?"

"Ymmm, ie?"

"Pam ro'n ni i gyd yn galw fe'n wallgo?"

"Be?" A dechreuodd chwerthin. "Ti o ddifri?"

"Ydw, fel... pa fath o bethau twp oedd e'n arfer neud?"

"Heblaw addurno'r goeden Nadolig ddau fis yn gynnar?"

"Ie," dwedais. Roedd golwg gymysglyd ar wyneb Adrian. "Ie, ar wahân i'r goeden Nadolig, beth arall?"

"Gweiddi a rhedeg ar ein holau ni."

"Roedd ganddo fe reswm i neud hynny."

"Ie, ond roedd e'n wallgo, wrth gwrs. Dyna pam ro'n ni'n chwarae triciau arno. Pam ti'n gofyn hyn i gyd?"

Codais fy ysgwyddau. "Dim rheswm. Jyst meddwl."

Oedais am funud, ac aeth Adrian yn ôl at ei gomic.

"Hefyd," ychwanegais, "sôn am chwarae triciau, pam naethon ni ddifetha'r goleuadau Nadolig?"

"Be?"

"Wel, roedd coeden Nadolig gyda fe, er nad oedd hi'n Nadolig. Mae hynna'n od, wrth gwrs, ond doedd e ddim yn effeithio ar neb arall. Felly, pam?"

Ro'n i'n gallu gweld bod Adrian yn dechrau mynd yn flin. "Sai'n gwbod. O't ti yna hefyd. Pam ti'n gofyn i fi?"

"Ti'n meddwl fydden ni 'di neud e os fydde Niklas ddim yna?"

"Be?"

"Wel, wyt ti'n meddwl bod Niklas ychydig bach yn... ti'n gwbod..."

"Bach yn be?"

"Sai'n gwbod. Bach yn gas weithiau?"

Edrychodd arna i'n wirion. "Ma fe'n ddoniol," meddai. "Yn gwmni da."

Penderfynais beidio dweud rhagor a cherddais o'r stafell. Es i lawr i'r lolfa a throi'r teledu ymlaen.

Yn fuan wedyn, daeth Mam adre, gan gario llond ei breichiau o hambyrddau a photeli.

"Beth yw'r rheina?" holais.

"O, gadawodd Vemund nhw ar ôl yn yr eglwys. Dwi'n credu bod y sesiynau ffotograffiaeth wedi cael eu canslo am fod neb wedi troi lan." Rhoddodd bopeth i lawr ar y bwrdd. "Cynigiais i fynd â nhw'n ôl gan ei fod e'n byw ar bwys."

"O." Newidiais y sianel. "Pa mor dda wyt ti'n nabod e?"

"Vemund? Ddim yn dda. O'n i'n arfer siarad ag e a'i wraig mas ar y stryd weithiau." Eisteddodd wrth fy ymyl a rhoi clustog ar ei chôl. "Un waith, yn fuan ar ôl i ni symud yma, cawson ni wahoddiad i'r tŷ i noson jazz a chacennau bach."

"Beth yw hynna?"

"Bwyta cacennau bach a gwrando ar recordiau jazz."

"Aethoch chi?"

"Wel, do."

"Ydy e, fel, off ei ben neu rywbeth?"

"Pam ti'n dweud hynny?"

Codais fy ysgwyddau.

"Na, dyw e ddim 'off ei ben'! Bach yn ecsentrig falle." Edrychodd arna i. "Achos bod rhai pobl yn wahanol, dyw e ddim yn golygu eu bod nhw'n wallgo, ti'n gwbod."

O'n i'n gwybod hynny, wrth gwrs.

"Roedd e wrth ei fodd yn cael sgwrs," meddai Mam, "ond ar ôl i'w wraig farw roedd e'n aros yn y tŷ yn fwy. Trist a dweud y gwir."

O'n i'n dal i newid sianeli fel ffŵl. Roedd noson jazz a chacennau bach yn syniad rhyfedd, ond nid gwallgo chwaith.

"Wel," meddai Mam, "well i fi fynd â'r stwff 'ma cyn i fi anghofio."

Codais o'r soffa. "Af i â nhw."

"O, chware teg i ti. Ti'n gwbod ble ma fe'n byw?"

★★★

Teimlad od oedd sefyll ar stepen drws Kaland – Vemund, dwi'n feddwl – ac ro'n i'n edrych dros fy ysgwydd o hyd i weld oedd rhywun yn edrych arna i. Nid dyna'r tro cyntaf i fi ganu cloch y drws, ond dyna'r tro cyntaf i fi aros i rywun ateb.

Ro'n i'n hanner disgwyl gweld dyn ecsentrig yn dod at y drws, yn gwisgo het ffoil neu rywbeth, ond wrth gwrs, Vemund y dyn cyffredin oedd yno, yn union fel roedd e yn yr eglwys. Roedd e'n gwisgo *chinos* a chrys digon cyffredin hefyd. Cafodd e sioc o 'ngweld i.

"Sander?"

"Gadawoch chi'r rhain. Yn yr eglwys."

"O, reit." Estynnodd amdanyn nhw. "Diolch."

"Sori am y diwrnod o'r blaen. Am adael fel'na. Dylen i fod wedi helpu i glirio."

"O, popeth yn iawn. Roeddet ti'n brysur."

"O'n."

"Ti'n gwbod beth, ma 'da fi rywbeth i ti hefyd. Aros funud." A diflannodd i'r tŷ.

Ar ôl cwpwl o funudau daeth Vemund yn ôl ac estyn y camera Pringles o'r gweithdy.

"O," dwedais, wrth ei gymryd. "Diolch."

"Ti ddim yn hoffi fe?"

"Na, ddim hynna." Troais y tiwb yn fy nwylo. "O'n i

'di meddwl bydden i'n creu camera go iawn. Un oedd yn gweithio."

"Ma fe'n gamera go iawn. Ma fe'n gweithio."

"O?"

"Os ti'n golygu camera sy'n gallu tynnu lluniau, mae'n bosib neud hynny. Ond bydd angen deunyddiau eraill."

"Sut?"

"Oes amser 'da ti? Galla i ddangos i ti."

Camais i mewn i'r tŷ a chau'r drws.

Roedd arogl hen ddillad yn y tŷ, a finegr. Roedd llawr y lolfa yn llawn o hen bapurau newydd, cylchgronau a llyfrau mewn pentyrrau, ac roedd hi'n dywyll yno. Roedd lampau ym mhob man ond dim llawer o oleuni'n dod o'r un ohonyn nhw.

Arweiniodd Vemund fi i lawr grisiau serth, gan ddal yn dynn yn y canllaw. Ar waelod y grisiau roedd silff ac arni duniau bwyd a jar anferth o giwcymbyrs wedi'u piclo. Doedd dim label ar y jar, felly mae'n siŵr mai rhai cartref oedden nhw.

Ar ôl cyrraedd y seler aeth Vemund i mewn i stafell lle roedd golchwr, sinc a lein ddillad. Roedd mainc weithio yn llawn o hambyrddau gwag, tongs a chemegion gwahanol, ac roedd y ddwy ffenest wedi eu hoelio ar glo. Ffenestri caeedig hynod Kaland. Allwn i ddim credu 'mod i yn seler dyn mwyaf gwallgo'r dref. Yn sefyll yna, yng nghanol y *meth lab* cudd.

Ond nid *meth lab* oedd yma. Edrychais ar Vemund.

"Ma stafell dywyll 'da chi yn y tŷ?"

"Wrth gwrs," meddai gyda gwên. "Sdim un 'da ti?"

Roedd y stafell yn ddi-raen, fel tasai neb wedi bod yno ers amser maith, ond i fi roedd hi'n anhygoel.

"Ffotograffydd o'ch chi'n arfer bod?"

"Na, na, ddim yn broffesiynol. Dim ond fel hobi. Cwnselydd pobl ifanc o'n i, cred neu beidio."

Cwnselydd pobl ifanc oedd y dyn gwallgo? Na, fyddwn i byth wedi gallu dychmygu hynny.

"Iawn," meddai Vemund, gan godi bocs gwyrdd a chaead arno. "Mae angen bocs sy'n cau'n dynn, sydd ddim yn gadael unrhyw olau i mewn." Rhoddodd frwsh paent yn fy llaw. "Beintiwn ni hwn yn ddu tu fewn."

Felly dyma fi'n peintio tu fewn y bocs â haenen dew o baent du. Wedyn roedd rhaid rhoi papur ffoto yn y bocs fel ei fod yn gweithio fel camera a'r caead ar agor am gyfnod hir.

Wrth aros i'r paent sychu dechreuais fusnesa trwy bentwr o luniau oedd yn gorwedd ar y silff. Roedd un llun du a gwyn o gwpwl ifanc. Roedd y dyn yn dal bocs bach a weiren yn ei law. Amserydd hen ffasiwn i dynnu llun oedd hwnnw. Roedd y ddau'n sefyll dan goeden ac roedd y goleuo yn berffaith.

"Pwy yw'r rhain?" gofynnais.

"Fi a fy ngwraig."

"Mae hi'n dalach na chi."

"Oedd, roedd hi'n dalach na fi, yn ddoethach na fi, ac yn berson gwell na fi ym mhob ffordd."

"Oedd e'n poeni chi ei bod hi'n dalach?"

Edrychodd arna i fel taswn i wedi dweud y peth mwyaf twp yn y byd. "Os oedd dynes wych fel hi'n gallu syrthio mewn cariad â slob fel fi, heb fecso taten am bethau bach pitw fel'na, pam yn y byd fyddai hynny'n fy mhoeni i?"

Cydiais mewn llun arall. Llun o ddyn ifanc yn ei ugeiniau cynnar. Roedd ganddo farf hir ac o weld ei ddillad, cafodd ei dynnu amser maith yn ôl.

"Pwy yw hwn?"

Edrychodd arna i. "Fy mab."

"Ma mab 'da chi?"

"Oedd."

"O, sori."

"Mae'n iawn. Roedd e sbel yn ôl. Ond sdim un diwrnod yn pasio heb i fi feddwl amdano fe."

"Beth ddigwyddodd?"

Stopiodd yn stond am eiliad. "Penderfynodd roi diwedd ar ei fywyd ei hunan."

"O, na! Pam?" Llithrodd y gair o 'ngheg i cyn i fi gael amser i feddwl. "Sori. Do'n i ddim yn meddwl e fel'na."

"Mae'n iawn. Doedd e ddim fel mewn ffilm, pan ma rhywun yn gadael llythyr i esbonio popeth, ond roedd e 'di bod yn diodde ers amser hir." Ochneidiodd. "Roedd yr arwyddion i gyd yna. Dylwn i fod wedi gweld hynny yn gynt."

Ro'n i eisiau gwybod popeth – pwy ffeindiodd e, sut gwnaeth e ladd ei hun – ond byddai hynny'n rhy fusneslyd ac anghwrtais, felly dwedais i, "Be chi'n feddwl – 'arwyddion'?"

"Newid ei olwg, yn un peth. Y diwrnod cyn iddo farw, siafodd e ei farf i gyd. Roedd e hefyd yn hapusach ar y diwrnod hwnnw. Falle mai rhyddhad oedd hynny. Rhyddhad ei fod wedi neud penderfyniad ac yn gweld ffordd mas."

"Ma newid golwg rhywun yn arwydd o hunanladdiad?"

"Ydy, mae'n gallu bod. Nid dyna'r unig beth, wrth gwrs. Roedd nifer o bethau..." Edrychodd i lawr. "Meddylia," meddai gyda gwên flinedig. "Cwnselydd wedi methu achub ei fab ei hunan."

Edrychodd Vemund ar ei sgidiau, ac am eiliad ro'n i'n meddwl ei fod e'n crio. Yna, pwyntiodd at y bocs.

"Drycha, mae'r paent wedi sychu nawr."

Ar ôl gorffen y camera, esboniodd Vemund mai'r cyfan roedd rhaid ei wneud i dynnu llun oedd tynnu'r tâp oedd dros y twll pìn.

"Allwn ni drio fe?" holais.

"Wrth gwrs. Byddai'n well tynnu llun tu allan ar ddiwrnod heulog ond am nawr bydd rhaid i ni arbrofi."

Gosododd Vemund y camera ar y fainc weithio a rhoi lamp y tu ôl iddo. Ben arall y fainc rhoddodd hen gloc larwm oedd ar un o'r silffoedd.

"Dyma'n gwrthrych ni am y tro." Edrychodd ar ei watsh. "Iawn, tynna'r tâp o'r twll nawr."

A dyna beth wnes i, wrth i Vemund gadw llygad ar ei watsh.

"Mae hyd yr *exposure* yn amrywio, gan ddibynnu ar y ddelwedd a faint o oleuni sydd ar gael," esboniodd. "Drïwn ni bum munud." Ar ôl pum munud, dwedodd Vemund wrtha i am gau'r twll pìn eto. "Dyna ni," meddai. "Mae llun nawr yn y bocs."

"Ac mae'n bosib i chi ddatblygu fe?" holais.

"Na," atebodd. "*Ti* sy'n mynd i ddatblygu fe."

Ar ôl diffodd y golau, dyma ni'n llenwi'r hambyrddau â'r gwahanol gemegion. Rhoddais i'r papur ffoto yn yr hambwrdd cyntaf wrth i Vemund oruchwylio'n ofalus yn y golau coch gwan. Ar ôl rhyw funud dechreuodd y ddelwedd ymddangos yn fwy ac yn fwy clir.

"Symuda'r papur i'r un nesa," dwedodd Vemund, gan basio tongs eraill i fi. Ar ôl i'r broses ddatblygu ddod i ben rhoddodd Vemund y llun i sychu ar y lein ddillad. Negatif oedd e: roedd y darnau golau'n ymddangos yn ddu, ac i'r gwrthwyneb, ac roedd hi'n hawdd gweld ansawdd da y llun.

"Rhan gynta'r broses yw hyn," meddai Vemund. "Nawr mae'n rhaid gwneud print positif, hynny yw, y llun."

Pingiodd fy ffôn. Mam, yn dweud bod swper yn barod.

"O, rhaid i fi fynd," dwedais.

"O," meddai, gan edrych rhywfaint yn siomedig.

"Alla i ddod 'nôl ryw ddiwrnod arall?"

"Dere 'nôl unrhyw bryd."

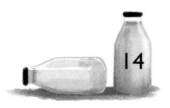

14

Ychydig ddiwrnodau wedyn, amser egwyl, ro'n i'n siarad ag Adrian, Filip a Niklas am y gyfres deledu *Avatar* ro'n ni'n arfer ei gwylio pan o'n ni'n blant.

"Ty Lee oedd fy hoff gymeriad i," meddai Filip. "Hi oedd y bertaf."

Es i i chwerthin, achos cymeriad cartŵn oedd hi. Ac roedd e'n anghywir hefyd. Katara oedd yr un bertaf. Yna sylwais ar Sofia yn cerdded i'n cyfeiriad ni.

"Ti'n barod am y prawf?" gofynnodd i fi.

"Ydw, dwi'n meddwl," atebais.

"Hai," meddai Niklas wrth Sofia. "Top neis."

Edrychodd Sofia ar ei dillad i atgoffa'i hun beth roedd hi'n ei wisgo. Roedd ganddi dop gwyn ac arno'r geiriau *There is no such thing as part freedom* mewn llythrennau du. "Diolch," meddai.

"Nelson Mandela?"

"Ie, ti'n iawn," meddai mewn syndod. "Ti yw'r cynta i neud sylw ar hynna."

Ddwedodd Niklas ddim byd arall. Dim ond nodio, fel tasai'r ddau ohonyn nhw'n rhannu rhyw gyfrinach fawr.

"Reit, well i fi fynd," meddai hi. "Rho wbod sut aeth hi, Sander."

"Wrth gwrs," dwedais wrth iddi gerdded i ffwrdd.

Troais at Niklas. "Sut wyt ti'n gwbod am Nelson Mandela yn sydyn?"

"Dwi ddim," chwarddodd. "Welais i e ar *The Simpsons*. Hei, oes rhywbeth 'di digwydd rhyngddoch chi'ch dau eto?"

"Be? Na! Pam ti'n gofyn?"

Gwenodd. "Wel, os na wnei di cyn hir, falle wneith rhywun arall."

"O, shwsh," dwedais gan hisian, a dyrnu ei fraich, pan sylwais fod Sofia ar ei ffordd yn ôl.

"O'n i bron anghofio," meddai, gan wenu arna i. "Ma parti Calan Gaeaf yn tŷ ni dydd Sadwrn nesa. Ti isie dod?"

"Parti?"

"Ie." Edrychodd ar y bechgyn eraill. "Gall dy ffrindiau di ddod hefyd, os ti moyn."

"Grêt, diolch," meddai Niklas yn syth.

"Gwych!" Trodd ata i. "Wela i di wedyn, mêt," meddai, cyn cerdded i ffwrdd eto.

"Mêt?" Siglodd Niklas ei ben. "Wel, dim ond ffrind wyt *ti* iddi, felly!"

Do'n i ddim wedi paratoi gymaint at unrhyw brawf erioed. Er nad o'n i wir angen ei help hi yn y lle cyntaf, roedd hi'n bendant wedi fy helpu. Ac ro'n i'n benderfynol o gael marciau da. Ro'n i eisiau i Sofia fod yn browd ohona i.

Roedd yr adran gynta i gyd yn atebion ie neu na, ac ro'n i'n gwybod pob un. Roedd angen atebion hirach yn yr ail adran. Roedd ambell gwestiwn nad o'n i'n siŵr amdano, ond aeth gweddill y prawf yn iawn. Ro'n i'n sicr o gael gradd pump, sy'n uwch nag arfer i fi, beth bynnag. Wrth i fi gyflwyno'r papur ar ddiwedd y wers, ro'n i'n teimlo'n dda.

Am ryw reswm ro'n i'n disgwyl i Sofia fod yn aros amdana i, yn sefyll y tu allan i'r dosbarth er mwyn gweld sut aeth hi. Ond doedd hi ddim yno, wrth gwrs. Pam ddylai hi? Roedd ganddi ddosbarthiadau ei hun a phethau eraill i boeni amdanyn nhw. Meddyliais a ddylwn i anfon tecst ati, ond ro'n i eisiau iddi hi feddwl fod gen i bethau eraill i'w gwneud hefyd. Felly, penderfynais beidio dweud dim tan y diwrnod wedyn.

Ar ôl ysgol, cwrddais â'r bois wrth y beics.

"Ni'n mynd ar y ramp?" gofynnodd Filip.

Siglodd Niklas ei ben.

"Allwn ni ddim. Mae 'di torri."

"Sut?"

"Dwi ddim yn siŵr iawn. Falle 'mod i'n mynd yn rhy gyflym a doedd y ramp ddim yn gallu delio 'da hynny." Chwarddodd. "Bois, o'n i ar fin neud *tailflip* hefyd. Tŷ chi 'te?"

Codais fy ysgwyddau, a daeth pawb i'n tŷ ni i chwarae FIFA am gwpwl o oriau.

Cyn mynd i'r gwely y noson honno, fe wnes i roi brechiad o'r hormon tyfu, fel arfer, a glanhau fy nannedd.

Wrth i fi fynd i mewn i'r gwely daeth neges gan Sofia.

Sut aeth hi?

Atebais: *#Nailed it!*

Yna, atebodd hi: *Ha-ha, gwbod byddet ti. Gwd job!*

Rhoddais fy ffôn i lawr a diffodd y golau. Dwy eiliad wedyn, estynnais am fy ffôn ac anfon neges arall.

Sut aeth hi da ti?

Byddai'n anghwrtais i beidio gofyn yr un peth iddi hi. Aeth mwy o amser heibio cyn cael ateb. Teimlai fel oriau ac ro'n i'n difaru swnio mor awyddus. Ond yna, ar ôl rhyw bum munud, daeth neges:

Dwi'n meddwl aeth e'n ok.

Anfonais yn ôl:

Siŵr aeth e'n grêt. Gwbod pob ateb heblaw pedwar. Dyfalu rheini wnes i. Ddim yn siŵr am ambell un o'r cwestiynau hawdd felly ddim wedi sgwennu lot, ond meddwl aeth e'n ok.

Awesome. Nos da.

Teipiais:

Diolch am dy help. Allwn i ddim neud e heb ti.

ond wnes i ei ddileu e achos do'n i ddim eisiau mynd dros ben llestri. Triais i sgwennu neges eto ac eto ond roedd popeth yn swnio'n stiwpid. Yn y diwedd y cwbwl sgwennais i oedd

Nos da.

Gorweddais yno, yn hanner disgwyl neges oddi wrthi, er nad oedd rheswm iddi ddweud unrhyw beth arall ar ôl y *Nos da.* Meddyliais am anfon neges arall ond do'n i ddim yn gwybod beth i'w sgwennu, heb swnio'n desbret. Ffeindiais hi ar Instagram a dechrau ei dilyn hi. Pum munud wedyn goleuodd fy sgrin, yn rhoi gwybod bod @sofiaberge123 yn fy nilyn i'n ôl.

Yn sydyn ro'n i ar ddi-hun heb ddim gobaith o fynd i gysgu.

Es i allan o'r gwely a mynd i nôl y pensil a'r pren mesur. Ond doedd dim angen y tâp mesur achos roedd y marc ar y wal yn yr un lle yn union.

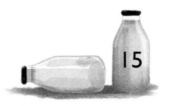

15

Dyw cyfri Instagram Sofia ddim yr un mwyaf creadigol yn y byd. Ond dyw e ddim yn hollol *generic* chwaith. Oes, mae ambell hunlun yn dangos yr un *pose*, sydd fel pob *pose* arall ar Instagram, ond roedd hefyd ambell lun ohoni'n cerdded, oedd yn neis. Ond wnes i ddim 'hoffi' y lluniau. Fe wnes i feddwl gwasgu'r botwm Hoffi ond roedd ei llun diwethaf yno ers rhyw bythefnos a byddwn i'n edrych fel rhyw fath o stelciwr drwy hoffi'r hen luniau. Ond dim ond am ddiwrnod roedden ni wedi bod yn dilyn ein gilydd, felly byddai hynny'n ocê, ond doedd hi ddim wedi hoffi un o fy lluniau i eto a do'n i ddim eisiau bod y cyntaf. Roedd rhai o'r lluniau wedi eu goleuo'n wael a doedd y cyfansoddiad ddim yn dda, ond roedd hi'n edrych yn ddel ym mhob llun. Ro'n i'n adnewyddu'r dudalen drwy'r amser i weld oedd hi'n postio rhywbeth newydd.

"Be ti'n neud?"

Caeais y laptop yn gyflym. Do'n i ddim wedi clywed Jakob yn dod i mewn ac yn sydyn roedd e tu ôl i'r soffa yn pwyso dros fy ysgwydd. Daeth i eistedd wrth fy ymyl i.

"Ti'n hoffi hi?"

"Na..." codais fy ysgwyddau. "Sai'n gwbod."

Edrychodd arna i am funud. "Ocê. Jyst cofia, alli di ddim aros a disgwyl iddi hi neud y cam cyntaf. Os ti'n hoffi hi, cer amdani."

"Hy, pam? Achos fi yw'r dyn?"

"Na, achos bydd rhywun arall yn gofyn cyn ti. Mae'n ferch bert."

"Ym ydy, diolch, do'n i ddim 'di sylwi!"

"Hei, jyst gair bach o gyngor – os daw'r cyfle, os ti isie rhoi cusan iddi, wel jyst gwna fe. Falle gei di ddim cyfle arall." Cododd o'r soffa a cherdded i ffwrdd.

"Aros," galwais arno. "Sut fydda i'n gwbod pryd i gusanu hi? Hynny yw, os dwi isie?"

Cododd ei ysgwyddau. "Byddi di'n gwbod pan ddaw'r amser."

Roedd hynny'n gyngor ofnadwy. Sut bydda i'n gwbod a phryd gaf i'r amser? Sut yn y byd roedd e'n gallu denu merched? Rhoddais fy laptop gadw a pharatoi am yr ysgol.

Ges i radd pump yn y prawf, fel o'n i wedi'i ddisgwyl. Pan roddodd Johannes y papur ar y ddesg, gwenodd a dweud, "Gwd job, Sander!" Roedd e wir yn edrych yn bles, ond yn bles gydag e'i hun fwy na thebyg. Roedd e siŵr o fod yn teimlo ei fod wedi llwyddo fel athro.

Roedd hi'n braf darllen y sylwadau ar y papur ac ro'n i'n methu aros i ddweud wrth Mam, ond yn fwy cyffrous i rannu'r newyddion â Sofia.

Roedd hi'n sefyll y tu allan i'w dosbarth.

"Haia," dwedais.

"O, haia," meddai. "O'n i ar fin dod i chwilio amdanot ti."

"O't ti?"

"Wir." Croesodd ei breichiau. "Wel?"

"Wel be?"

"Be gest ti?"

Dangosais y papur iddi, gan wenu fel idiot.

Lledodd gwên ar draws ei hwyneb. "Ffantastig!"

Ac yna, heb unrhyw rybudd o gwbwl, rhoddodd gwtsh i fi. Dim ond eiliadau barodd e, ond teimlai fel diwrnodau. Roedd ei chroen yn llyfn, ei gwallt yn feddal a wir, roedd hi'n arogli fel fanila.

"O'dd ffydd 'da fi ynddot ti," meddai gan dorri'n rhydd.

Nodiais. "Diolch i ti. Helpest ti lot."

"Wel, ti na'th y gwaith i gyd."

"Be gest ti?"

"'Nes i'n ocê."

"Pa radd gest ti?"

Cododd ei hysgwyddau. "Chwech."

"Waw, gwych!"

Cododd ei hysgwyddau eto. "O'n i 'di adolygu tipyn ar gyfer aseiniad 'nes i llynedd, felly 'nes i ddim gweithio lot at y prawf."

"Ond mae'n dal i fod yn wych."

"Ie. O ran dydd Sadwrn. Ti'n dod, wyt ti?"

Nodiais.

"Grêt. Bydd angen digon o amser arna i i gael popeth yn barod ar gyfer y parti, felly ti'n meindio os gawn ni sesiwn adolygu rhyw ddiwrnod arall?"

"Dim problem. Sdim ots 'da fi pryd."

"Grêt. Tecsta i ti."

Ar ôl ysgol, ro'n i'n eistedd ar fy ngwely yn darllen llyfr ar gyfer fy ngwaith cartref Saesneg pan ganodd cloch y drws ffrynt. Roedd Mam adre, felly arhosais iddi hi agor y drws. Tybiais mai Niklas oedd e, gan ei fod wedi hanner awgrymu y byddai'n galw ar ôl i Adrian ddod adre o'r ymarfer band.

Clywais rywun yn rhedeg i fyny'r grisiau, a llais Niklas yn gweiddi, "Sander!"

"Yn fy stafell!" gwaeddais yn ôl.

Safodd wrth y drws ac edrychais arno, heb wybod beth i'w ddweud oherwydd, o bopeth yn y byd, roedd gan Niklas wallt Mohawk glas. Ddim Mohawk llawn, a'r pen wedi ei siafio'n llwyr bob ochr i'r grib yn y canol, ond roedd y gwallt tipyn byrrach a'r grib wedi ei steilio'n uwch. Ac roedd e'n las.

Ddwedais i ddim byd, gan aros iddo esbonio ei wallt newydd. Ond yr hyn ddwedodd e oedd, "Dylen ni neud y loteri."

"Ocê?"

"Ie, ma rhyw ddyn wedi ennill 315 miliwn doler mewn loteri yn America. Ma hynna'n *sick!*"

"Ti'n fwy tebygol o gael dy wasgu i farwolaeth gan beiriant gwerthu bwyd a diod nag o ennill y jacpot."

"Na!"

"Neu gael dy daro gan fellten."

"Ti'n jocan."

"Na, dwi'n hollol siriys. Pasia'r laptop, dangosa i i ti."

Cydiodd yn y laptop oedd ar fy nesg a daeth i eistedd ar y gwely nesa ata i. Wrth i fi ei ddatgloi, daeth y dudalen ddiwethaf edrychais i arni ar y sgrin – tudalen Instagram Sofia. Caeais y tab yn syth ond roedd Niklas wedi sylwi. Edrychodd arna i.

"Ti'n stelcian hi?"

"Be? Na, na'th hi hoffi un o fy lluniau a chliciais i ar ei phroffeil ar ddamwain." *Celwydd clasurol stelciwr.*

"Hei, *chill*, dim ond tynnu dy goes di. Ond, ti'n hoffi hi?"

Mae'n amhosib, am wn i, edrych ar gyfri Instagram unrhyw ferch heb fod pawb o dy gwmpas di eisiau gwybod sut ti'n teimlo amdani. Efallai fod edrych ar luniau Instagram ar laptop yn anarferol ond dwi'n hoffi gweld y lluniau'n fwy o faint nag y maen nhw ar ffôn. Ond do'n i ddim wir eisiau siarad am hyn, felly dwedais, "Ni'n ffrindiau." Datganiad niwtral ond gwir.

Cliciais ar linc erthygl oedd yn rhestru ugain peth mwy tebygol o ddigwydd i ti nag ennill y loteri, a dechrau sgrolio i lawr y dudalen.

"Yr ods o fynd mas gyda *supermodel* yn 1 mewn 880,000," darllenodd Niklas.

Nodiais. "Sydd bum cant o weithiau yn fwy tebygol nag ennill y loteri."

"Cachu hwch."

Pwyntiais at ei ben. "Pryd ni'n mynd i siarad am y ffasiwn newydd yma?"

Gwenodd a thynnu llaw drwy ei wallt. "Cŵl, on'd yw e?"

"O'n i'n meddwl bod Mohawk yn hen ffasiwn."

"Ond dwi'n dod ag e'n ôl i ffasiwn!"

Do'n i ddim wedi fy argyhoeddi.

"Hei," meddai, "ma digon o fois â gwallt normal. Beth os oes *un* ferch allan fan'na yn chwilio am foi â Mohawk glas? Wel, fi yw'r boi!"

"Ie, reit," chwarddais. Rhyfedd meddwl bod rhywun yn mynd i gymaint o drafferth i sefyll allan, pan fydden i'n rhoi'r byd am gael ffitio i mewn.

Gyda llaw, does dim ystadegau yn dweud beth yw'r ods fod bachgen SRS yn mynd mas gyda merch bertaf yr ysgol.

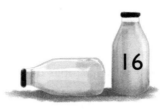

Gwers olaf y dydd oedd hi ac ro'n i'n ffaelu aros iddi orffen. Crwydrai fy meddwl at y parti Calan Gaeaf o hyd. Ro'n i rhwng dau feddwl a ddylwn i fynd ai peidio. Do'n i ddim wedi bod mewn parti o'r blaen. Ddim un go iawn. Fyddai rhai'n yfed yno? Cyffuriau? Meddyliais am y cwrw afiach oedd gan Niklas. Fyddai pobl yn meddwl 'mod i'n wan am beidio yfed?

Edrychais allan drwy'r ffenest.

Oedd parti Calan Gaeaf yr adeg iawn i gusanu merch am y tro cyntaf?

Ar ddiwedd y wers casglais fy mhethau ynghyd, a gofynnodd Johannes i fi aros ar ôl eto.

"Dwi isie sgwrs fach 'da ti."

O na, meddyliais. *Beth nawr?*

Gadawodd pawb un wrth un, ac es i eistedd ar ben un o'r desgiau yn y blaen. Arhosodd Johannes nes bod pawb wedi mynd.

"Ti 'di dod yn bell ers i ni siarad ddiwetha," meddai.

"Diolch."

"Ti'n neud yn well yn y gwersi i gyd. Dwi'n browd ohonot ti."

"Diolch," dwedais eto, oherwydd do'n i ddim yn gwybod beth arall i'w ddweud.

"Ond," meddai, gan swnio'n llai brwdfrydig yn sydyn, "dwi'n ofni bod y profion naethon ni ar ddechrau'r tymor yn tynnu dy radd derfynol i lawr."

"Ond ges i radd dda yn yr un diwetha."

"Do, dwi'n gwbod. Ond sdim lot mwy o brofion ar ôl yn y flwyddyn i roi cyfle i godi'r radd. Yr unig beth all wella hynny nawr yw'r prosiect gwyddoniaeth diwedd tymor. Bydd rhaid i ti gael chwech yn hwnnw er mwyn cael pump fel dy radd derfynol."

"Chwech?" Dwi erioed wedi cael chwech mewn unrhyw brosiect o'r blaen. "Beth os mai pump ga i?"

"Pedwar fydd dy radd derfynol di wedyn, sy'n dal yn dda. Ond ro'n i isie esbonio'r sefyllfa."

"Diolch."

"Os wyt ti isie cael y canlyniad gorau posib, dewisa bwnc da ar gyfer dy brosiect. Dwi'n hapus i drafod unrhyw themâu, neu helpu i ddewis pwnc."

"Ocê."

"Byddwch chi'n gweithio mewn parau, sy'n mynd i helpu. Gall dau ohonoch chi wthio'ch gilydd i neud yn well."

Wrth fynd allan o'r stafell ddosbarth, gwelais Sofia.

"Haia," meddai.

"Haia."

Doedd dim rhaid iddi gerdded heibio'r stafell honno i adael yr ysgol. Oedd hi wedi dod i chwilio amdana i?

"Sut wyt ti'n dod mlaen gyda Arnulf Øverland?" gofynnodd.

"Gweddol." Arnulf Øverland yw'r bardd rydyn ni'n ei astudio yn y dosbarth Norwyeg. Doedd gen i ddim syniad beth oedd ystyr y cerddi. "Tipyn o snob. Dyw e ddim yn ateb tecsts!"

Chwarddodd Sofia. "Hei, alla i ofyn rhywbeth i ti?"

"Wrth gwrs." Gall hi ofyn *unrhyw beth* i fi.

"Jyst meddwl o'n i..." Cnodd ei gwefus isaf. "Na, sdim ots, dim byd."

"Na, na, dwed, be sy?"

"Y boi Niklas yna. Ti'n ffrind iddo fe, wyt ti?"

Niklas? Oedd hi eisiau siarad am Niklas? "Ydw."

"Ydy e'n mynd mas 'da rhywun?"

Ac yn sydyn, gyda chwe gair syml fel'na, suddodd fy nghalon i waelod fy stumog.

Ddim 'mod i'n hoff o Sofia. Neu, do'n i ddim yn siŵr. Ond do'n i wir ddim eisiau iddi hoffi Niklas, o bawb. Fi oedd biau Sofia. Wel, na, wrth gwrs, ddim fi oedd yn berchen arni. Do'n i ddim eisiau ei chloi hi yn y seler a'i chadw i fi'n unig. Ond fy ffrind i oedd hi. Ro'n i'n mwynhau bod gyda hi ac eisiau i bethau aros fel roedden nhw.

Doedd hynny ddim yn deg, dwi'n sylweddoli hynny. Ddim yn swnio'n gall hyd yn oed.

Codais fy ysgwyddau. "Ydy, dwi'n meddwl bod e."

"Ocê, jyst meddwl."

"Iawn." Gwenais. Neu drio gwenu. Dwi ddim yn siŵr a lwyddais i. "Sdim rhaid i ti feddwl rhagor."

"Ti isie mynd i'r llyfrgell? Meddwl neud gwaith cartre cyn ymarfer pêl-law."

"Wel, rhaid i fi fynd adre. Dwi 'di addo helpu Mam 'da rhywbeth," dwedais yn gelwyddog.

"Iawn, so, wela i di fory?"

"Iawn."

Cerddais ar draws yr iard i nôl fy meic. Mae'n siŵr 'mod i

wedi dod o hyd i'r un ferch yn y byd sydd yn chwilio am foi
â Mohawk glas.

Wrth gwrs ei bod hi'n hoff o Niklas. Roedd e'n cŵl ac yn
olygus. Ac yn dal. Roedd y ffaith ei fod yn gelwyddgi ac yn
idiot yn llai pwysig yn amlwg.

Os deipiwch chi 'Syndrom Silver-Russell' yn y porwr,
dyw Google ddim yn dweud bod merched tal yn mynd am
y bechgyn tal.

Mae hynny'n wir am ferched a bechgyn byr hefyd.

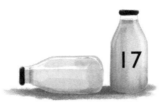

Do'n i ddim wir yn edrych ymlaen at wisgo gwisg ffansi i'r parti Calan Gaeaf, ond roedd rhaid gwneud rhyw fath o ymdrech. Felly gwisgais glogyn coch a phâr o ffangs, a bŵm, ro'n i wedi troi'n fampir! Gwreiddiol iawn, dwi'n gwybod.

Er 'mod i wedi rhoi'r dannedd yn fy mhoced ac yn gwisgo cot dros y clogyn, ro'n i'n dal i deimlo'n wirion yn cerdded lawr y stryd. Edrychais ar Adrian, oedd wedi gwisgo siaced las tywyll, crys, tei a *chinos* glas. Y Doctor Who nesa, medde fe. Dwedais wrtho nad gwisg ffansi oedd hynny ond ei fod yn trio bod y boi mwyaf golygus yn y parti, ond yn dawel bach ro'n i braidd yn siomedig nad o'n i wedi meddwl am rywbeth tebyg. O leia roedd e'n edrych yn normal.

Roedd y ddau ohonon ni'n mynd heibio tŷ Filip, i'w nôl e a Niklas, cyn mynd i dŷ Sofia.

Pan gyrhaeddon ni dŷ Filip edrychai e'n normal hefyd, mewn jîns a chrys patrymog.

"Pam ti ddim mewn gwisg ffansi?" holais.

"Aros," meddai, ac aeth i nôl rhywbeth o'i ddesg. Rhoddodd fwstásh ffug dan ei drwyn a dal darn gwyn o gardfwrdd. Arno roedd y geiriau CARCEL OTTO JUDICIAL MEDELLIN a'r rhifau 128482 odano.

Edrychais ar Adrian a chododd hwnnw ei ysgwyddau.

"O c'mon," meddai Filip. "Pablo Escobar!"

"O *Narcos*?"

"Wel, na, y dyn ei hunan!"

Siglais fy mhen gan chwerthin. Roedd e'n wych. "Ydy Niklas yma?"

"Na, dwi newydd gael tecst. Mae e ar ei ffordd."

"*Hands up*, y diawled!" Neidiodd y tri ohonon ni a throi at y sŵn. A dyna ble roedd Niklas, yn y drws yn pwyntio dryll tegan aton ni. Wel, gobeithio mai un tegan oedd e. Roedd e'n gwisgo hwdi du a jîns du, ac roedd paent coch ar ei dalcen oedd i fod i ddangos ei fod wedi cael ei saethu. Daliodd y dryll at ei ben a gwenu. "Deall?"

Ddwedodd neb ddim byd.

"Dwi 'di lladd fy hunan."

Nodiais a dweud yn fflat, "Da iawn." Ond roedd e wir yn eitha annifyr.

"O, fampir," meddai, gan nodio ata i. "Creadigol iawn."

Edrychodd ar y lleill. "Beth ddiawl y'ch chi'ch dau?"

"Y Doctor Who newydd," meddai Adrian.

Daliodd Filip y cardfwrdd i fyny eto, ond roedd wyneb Niklas yn wag. Rholiodd Filip ei lygaid. "Y boi o *Narcos*," ochneidiodd.

Dechreuais i chwerthin. Mae'n bosib mai gen i oedd y wisg waethaf ond o leia fyddai ddim rhaid i fi esbonio wrth bawb drwy'r nos beth o'n i.

Wrth i ni adael, sylwais fod Niklas yn cario bag ar ei gefn.

"Be sydd yn y bag?" gofynnodd Filip.

Cododd Niklas ei ysgwyddau. "Pethau Calan Gaeaf. Awn ni?"

Ac wrth gerdded dechreuais feddwl mai jôc oedd hyn i

gyd. Doedd dim parti o gwbwl ac roedd Sofia a'i ffrindiau'n aros i ni gyrraedd mewn gwisgoedd stiwpid er mwyn iddyn nhw dynnu lluniau a'u postio ar y cyfryngau cymdeithasol. Fel maen nhw'n ei wneud i idiots mewn ffilmiau. Oedden ni'n idiots? Doedd yr un ohonon ni'n dda iawn yn yr ysgol, a ddim yn boblogaidd iawn chwaith. Doedden ni ddim wedi cael ein gwahodd i barti nad oedd yn cynnwys balŵns a jeli o'r blaen. Comics a gemau fideo oedd ein pethau ni.

Rhyw feddyliau twp fel hyn oedd yn troi yn fy mhen, ond ro'n i'n gwybod bod Sofia'n ferch neis yn y bôn a fyddai hi byth yn gwneud rhyw dric dan din fel yna.

Fyddai hi?

Pan gyrhaeddon ni stryd tŷ Sofia, stopiodd Niklas ac agor ei fag. Dangosodd fflasg fach i ni. "Dim ond *losers* sy'n cyrraedd parti'n sobor," meddai. Cymerodd sip ac yna pasio'r fflasg i ni. Pan ddaeth fy nhro i ro'n i'n disgwyl y gwaethaf ond cefais sioc. Roedd e'n blasu fel sudd oren, ond wedyn roedd blas rywbeth tebyg i *aftershave*. Doedd e ddim yn flasus ond roedd e'n well na'r cwrw.

Ar ôl cyrraedd y tŷ edrychon ni ar ein gilydd, a neb yn gwybod yn iawn beth i'w wneud. Ydych chi i fod i ganu'r gloch wrth gyrraedd parti? Neu gerdded i mewn yn syth?

Edrychais ar yr amser. Ugain munud i wyth. Roedd y parti'n dechrau am saith, ond roedd Niklas wedi dweud y dylen ni gymryd ein hamser a chyrraedd o leia hanner awr yn hwyr oherwydd "Dim ond *losers* sy'n cyrraedd parti ar amser".

Am rywun oedd fel tasai'n gyfarwydd â phartïon roedd e mor ddi-glem â ni nawr. Os mai jôc oedd hyn, roedd pawb y tu fewn yn aros wrth y drws a'u ffonau'n barod i dynnu lluniau yn syth ar ôl i ni ganu'r gloch.

Edrychodd Niklas arna i. "Tecsta hi i ddweud bod ni 'ma."

"Pam fydden i'n tecstio a fi'n sefyll wrth ei drws ffrynt? Mae hyn yn wirion."

"Awn ni mewn 'te?" holodd Filip.

"Na," dwedais. "Beth os yw ei rhieni hi adre?"

"Canwn ni'r gloch 'te," meddai Adrian. Symudodd neb.

Yna agorodd ffenest a daeth wyneb Sofia i'r golwg.

"Hei, bois. O'n i'n clywed lleisiau tu allan. Dewch mewn. Ni yn y seler."

Roedden ni wir yn teimlo fel idiots. Beth os oedden nhw wedi'n clywed ni'n siarad? Wrth i ni gerdded i mewn, rhoddodd Niklas ddwrn yn fy ysgwydd. "Ddwedes i wrthot ti am ganu'r gloch!"

"Ddwedest ti wrtha i am decstio, yr idiot!"

"Calliwch, wir," meddai Filip.

Aethon ni i lawr i'r seler, cyrraedd gwaelod y grisiau ac edrych o gwmpas y stafell.

Felly, nid jôc oedd e. Roedd pawb mewn rhyw fath o wisg ffansi. Un bachgen mewn wig melyn clown a sbectol haul anferth, ac un arall yn gwisgo *onesie* â streipiau teigr. Roedd y rhan fwyaf o'r merched mewn ffrogiau del a bandiau gwallt fel clustiau cath neu glustiau teigr.

Roedd tua deg yno'n barod, yn eistedd neu'n sefyll. Parti bach, ac roedden ni'n rhan ohono. Oherwydd fi, meddyliais. Fi oedd yn adnabod Sofia.

Roedd Sofia wedi ei gwisgo fel Superwoman. Pan welodd ni, daeth hi draw. "Hei, dewch mewn a joiwch. Gobeithio bod diodydd gyda chi." Pwyntiodd at fwrdd ym mhen arall y stafell. "Mae pwnsh ar y bwrdd. Birger gymysgodd e, a ma fe'n gryf!"

Pan gei di wahoddiad i barti ar ôl pedair ar ddeg oed mae'n siŵr bod disgwyl i ti fynd â diod. O leia roedd y fflasg gan Niklas allen ni ei rannu rhyngddon ni. Doedd dim disgwyl i ni feddwi'n gaib. Oedd e?

"Gwisg neis," dwedais wrth Sofia.

"Creadigol iawn, on'd yw e? Dwi'n hoffi dy un di hefyd." A chwarddodd. "Ma'r clogyn coch yn dangos lot o ymdrech."

"Ma mwy..." dwedais gan dynnu'r ffangs o 'mhoced a'u gwisgo.

Chwarddodd eto. "Wel, chware teg i ti!" meddai, gan droi at fy ffrindiau. "Beth y'ch chi fod?"

★★★

Wrth i ni eistedd yno, daeth mwy a mwy o bobl i'r stafell. Wrth iddyn nhw gyrraedd, roedd y bechgyn yn gwneud *high-fives* ac yn dyrnu cefnau ei gilydd, a'r merched i gyd yn cwtsho.

Erbyn naw o'r gloch roedd y gerddoriaeth yn llawer mwy swnllyd, a'r siarad hefyd. Wrth y soffa roedd rhai'n chwarae rhyw fath o gêm yfed. Do'n i ddim cweit yn deall beth oedd yn digwydd, ond roedd e'n rhywbeth i'w wneud â chardiau ac weithiau byddai pawb yn mynd "Oooo!" ac un person yn gorfod yfed.

Ar ôl tipyn daeth Sofia draw aton ni. "Chi isie chwarae'r gêm?"

"Iawn," meddai Niklas. "Ond dwi'n rhybuddio chi nawr – dwi'n dda iawn am chwarae!"

"O, wyt ti...?" Pan edrychodd hi ar Niklas roedd hi'n amlwg ei bod hi'n ei ffansïo. Dyna ddwedodd hi wrtha i, fwy neu lai.

"Ydw," meddai. "Fi yw Pencampwr Haasund yng Ngemau Yfed y Byd!"

"Pencampwr y Byd o Haasund? Ydy hynna'n neud sens?" Gwenodd Niklas. "Betia i wna i ennill y gêm."

"Iawn, dere 'de."

Cododd, ac aeth Adrian a Filip gydag e.

Trodd Sofia ata i. "Ti'n dod, Sander?"

"Wedyn falle," dwedais. "Af i i nôl pwnsh gynta."

Arllwysais gwpanaid o'r pwnsh i fi fy hun o'r bowlen. Roedd e'n lliw coch tywyll ac yn arogli fel mafon a marwolaeth. Cymerais sip bach, a chrynu wrth geisio ei lyncu. Roedd e'n blasu'n debyg i oglau petrol. Yr unig ffordd i'w yfed oedd ei lyncu'n gyflym mewn un llwnc. A dyna wnes i.

Edrychais draw at y soffa. Doedd Niklas a Sofia ddim yn chwarae, ond yn sefyll ar wahân i'r lleill, yn siarad. Eu hwynebau'n agos, a Niklas yn pwyso'i law ar y wal y tu ôl iddi wrth ddweud rhywbeth a wnaeth iddi chwerthin.

Arllwysais gwpanaid arall o bwnsh ac yfed hwnnw ar ei ben hefyd.

Yna, daeth y ferch yma ata i. Roedd hi yn yr un flwyddyn â fi, ond ddim yn yr un dosbarth. Do'n i ddim wir yn ei hadnabod hi, ond Maria oedd ei henw hi, dwi'n meddwl.

"Haia," meddai. "Sander, ie?" Roedd hi gwpwl o gentimetrau'n dalach na fi.

"Ie." Gwell peidio dyfalu ei henw, rhag ofn. "Pwy wyt ti?" Sylweddolais yn syth 'mod i wedi ei ddweud yn blwmp ac yn blaen, ond do'n i ddim wedi trio.

"Maria," meddai.

"O'n i'n meddwl," dwedais, gan lenwi fy nghwpan eto.

"Wyt ti fel corrach?"

Edrychais arni. "Be?" O'n i wedi ei chlywed yn iawn?

"Fel... person bach?"

Atebais i ddim – do'n i ddim yn gwybod beth i'w ddweud.

"Ti'n dal am berson bach."

Dechreuais i chwerthin, oherwydd roedd e'n swnio mor dwp. Yfais y pwnsh a thaflu'r cwpan papur ar y bwrdd. "Ti'n garedig iawn am berson sy... ddim," atebais. Dyna'r peth gorau allwn i feddwl amdano.

Cerddais i ffwrdd. Ro'n i eisiau dianc mor bell ac mor gyflym â phosib.

Dwi ddim yn siŵr pwy sy'n gwybod am fy nghyflwr i yn yr ysgol. Dwi byth yn siarad amdano. Byth. Roedd y plant oedd yn yr ysgol gynradd gyda fi yn gwybod, oherwydd ro'n i wedi bod yn yr ysbyty sawl gwaith wrth dyfu lan. Mae'n bosib bod rhai eraill wedi clywed rhywbeth, ac mae'n amlwg fod rhywbeth yn bod arna i. Ond doedd neb wedi gofyn unrhyw beth, yn sicr ddim fel hyn.

Yn sydyn ro'n i'n teimlo'n rili sâl. Roedd y stafell yn troi ac roedd popeth ro'n i wedi ei yfed yn gwneud ei ffordd i dop fy ngwddw. Roedd rhaid i fi fynd yn sic. Agorais y drws cyntaf welais i a baglu i mewn. Ddim y stafell molchi oedd hi ond rhyw fath o stydi. Roedd rhaid i fi fynd yn sic. Roedd fas fawr wrth y drws. Cydiais ynddi a gwagio cynnwys fy stumog i mewn iddi.

Pan es i o'r stafell, roedd y gêm yfed fel tasai ar ben ac roedd Adrian a Filip yn eistedd ar y soffa yn chwarae FIFA gyda rhai bechgyn eraill. Mae'n rhaid bod bois cŵl yn chwarae gemau fideo hefyd. Ac yn gallu gwneud hynny wedi meddwi.

Edrychais dros y stafell, ond doedd Sofia ddim yno. Roedd hi siŵr o fod mewn cornel dywyll gyda rhywun â Mohawk glas a bwled yn ei ben.

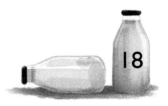

18

Deffrais ar ben pentwr o gotiau. Do'n i ddim yn cofio mynd i gysgu ar bentwr o gotiau ond mae'n rhaid 'mod i wedi, achos dyna ble ro'n i.

"Sander?"

Roedd Adrian a Filip yn sefyll uwch fy mhen.

"Ti'n iawn?" gofynnodd Adrian.

"Ydw," dwedais gan eistedd i fyny. Ro'n i'n teimlo dipyn yn well. "Faint o'r gloch yw hi?"

"Hanner nos."

Roedden ni i fod adre erbyn deuddeg. Yr unig reswm roedd Mam wedi gadael i Adrian ddod oedd ei fod e gyda fi. On'd oedd e'n lwcus?! Sut yn y byd fyddai e wedi ymdopi hebdda i, yn chwydu mewn bas a chysgu ar bentwr o gotiau?

Edrychais o gwmpas y stafell a sylwi bod pobl yn gadael.

"Parti drosodd," meddai Filip. "Mas â ni."

Roedd cwpwl o fois yn gofyn i fi symud er mwyn iddyn nhw gael eu cotiau.

Codais. "Ble ma Niklas?"

Cododd Filip ei ysgwyddau. "Rhywle 'da Sofia, dwi'n meddwl."

"O, reit," dwedais.

Ond y peth nesa, dyma Niklas yn sboncio i mewn i'r stafell.

"Hei, *losers!*" Gwenodd. "O, ti 'di dihuno, Sander. O'n i'n meddwl mai fampir o't ti, ddim Sleeping Beauty."

Chwarddodd rhai wrth iddyn nhw gasglu eu cotiau wrth fy nhraed.

"Ha-ha, doniol," dwedais. "Dewch, mas o 'ma."

Ar ôl mynd allan i'r awyr iach tynnais fy nghlogyn a'i daflu i ryw fin. Doedd dim golwg o'r ffangs. Dim syniad beth ddigwyddodd iddyn nhw. Edrychais ar fy ffôn. Doedd dim neges na galwad gan Mam, a doedd Adrian ddim wedi clywed wrthi chwaith. Ai peth da oedd hynny neu beidio?

"O, bois bach," meddai Niklas wrth i ni gerdded i lawr y stryd. "Parti a hanner." Tarodd fy nghefn. "Piti i ti golli'r rhan fwyaf ohono fe."

Ffarwelion ni â Filip wrth ei dŷ a cherddodd Niklas gyda ni, er bod hynny allan o'i ffordd e.

"Ble o't ti drwy'r nos?" gofynnodd Adrian i Niklas.

"Gyda Sofia yn ei stafell," meddai.

"Ddim yn ei stafell wely," dwedais.

Trodd ata i. "Ocê, Sleeping Beauty, sut ddiawl wyt ti'n gwbod ble o'n i neu beidio?"

"Dwi jyst yn gwbod," dwedais, gan taw dyna'r unig ddadl oedd gen i.

"Be sy'n bod arnot ti? Ti isie prawf neu rywbeth?"

"Ha! A be ti'n mynd i neud? Dangos y condom yn dy waled eto?"

Gwenodd. "Falle bod hwnnw ddim gen i rhagor." Ac yna, fe winciodd e, wir, ac ro'n i'n teimlo fel chwydu eto.

Cydiodd Adrian yn yr abwyd a dweud "No way" a "Dwed mwy". Ond dim ond gwenu wnaeth Niklas a dweud wrtho am ddefnyddio'i ddychymyg.

Do'n i ddim yn credu Niklas am un eiliad, ond ro'n i'n dechrau mynd yn grac. Un peth oedd dweud celwydd am ryw ferch ddychmygol ar ei ffôn, ond peth arall oedd dweud celwydd am Sofia.

Roedd Niklas yn dawel am eiliad, ac yna dwedodd e, "Ma'i stafell hi'n cŵl. Ma recordiau feinyl dros un wal i gyd."

Stopiais yn stond. Am eiliad. Roedd e *wedi* bod yn ei stafell hi, mae'n rhaid. Ond doedd hynny ddim yn golygu bod rhywbeth wedi digwydd. Ond... efallai ei fod e. Roedd hi'n amlwg yn ei hoffi fe.

Cerddais ymlaen. Beth arall allwn i neud?

"O, bron i fi anghofio," meddai Niklas. Agorodd ei fag a thynnu bocs o wyau ohono. Cydiodd mewn wy a'i daflu at un o'r tai wrth i ni gerdded heibio.

Rholiais fy llygaid. "O, wir?" mwmiais.

Aethon ni rownd y gornel ac i'n stryd ni. "Hei, dyna dŷ'r dyn od, ife?" Cydiodd mewn wy arall a'i droi yn ei law. "Y dyn â'r goeden Nadolig?"

Nodiodd Adrian. "Ti'n hoffi Sofia, 'te?"

Cododd Niklas ei fraich, yn barod i daflu. "Hm, mae'n iawn. Bŵbs neis."

A dyna pryd trawais yr wy o law Niklas.

"Be ti'n neud?" Ac edrychodd arna i.

"Taflu wyau ar Galan Gaeaf? Faint wyt ti, deg?" Ro'n i'n gweiddi erbyn hyn, yn uwch nag o'n i'n bwriadu.

Edrychodd Adrian arna i. Efallai ei fod e'n poeni, ond roedd golwg syn arno.

"O, ie, ac rwyt ti *mor* aeddfed," gwaeddodd Niklas yn ôl. "Gad Vemund i fod!"

Gwnaeth geg gam. "Vemund? Pwy ddiawl yw Vemund?"

Ddwedais i ddim byd.

Edrychodd Niklas arna i ac Adrian ac yn ôl ata i eto. Gwenodd a phwyntio at y tŷ. "Ti'n dweud bod ti'n nabod y dyn yna?"

Syllais ar y llawr. "Jyst gad e."

"Bois," meddai Adrian. "Stopiwch. Awn ni adre, ie?"

Edrychodd Niklas arna i eto. "Ti'n ffrindiau â'r dyn gwallgo?"

Edrychais ar Adrian a dweud yn wawdlyd, "Ydw, dwi *yn* ffrind iddo fe."

Chwarddodd Adrian yn nerfus.

Cydiodd Niklas mewn wy arall. "Wel, dwi'n mynd i neud hyn beth bynnag!" A thaflodd yr wy at y ffenest. Rhedodd y melynwy i lawr mewn llinell sticlyd, ludiog.

Chwarddodd Niklas. "Ha, *bullseye!*" Cydiodd mewn wy arall a pharatoi i'w daflu.

"Paid," dwedais.

Trodd ata i. "Neu be?"

A dyna pryd neidiais arno.

Wrth gwrs, mae Niklas yn fwy ac yn gryfach na fi, ond ro'n i wedi ei ddal yn annisgwyl. Rhedais i mewn i'w ochr a gwingodd mewn poen wrth i ni'n dau syrthio ar y llawr.

Eisteddodd Niklas a rhwbio'i fraich. "*Shit*," meddai dan ei anadl.

Cododd y ddau ohonon ni ar ein traed, a chyn i fi sylwi dyrnodd Niklas fi yn fy stumog mor galed nes i fi golli fy anadl. Syrthiais ar fy mhengliniau a thrio anadlu ond ro'n i'n llyncu gwynt o hyd.

"Hei!" gwaeddodd Adrian a gwthio Niklas o'r ffordd. Dwi'n credu iddo fe ei ddal yn y man lle cafodd e ei anafu gen i, oherwydd dyma fe'n griddfan yn swnllyd.

Roedd fy anadlu'n dechrau dod yn fwy rheolaidd ond do'n i ddim yn barod i godi ar fy nhraed.

Gwthiodd Niklas Adrian yn galed ac aeth am yn ôl, ond llwyddodd i aros ar ei draed. Cododd Adrian ei freichiau i amddiffyn ei hun tasai Niklas yn mynd ato, ond ddigwyddodd hynny ddim.

Gwaeddodd Niklas dros bob man, "Twll eich tinau chi!" Ac yna trodd a cherdded yn ôl ar hyd y stryd, gan adael ei fag a phopeth ar ôl.

Edrychais ar Adrian. "Dere gatre."

"Dwi isie bod gatre'n fwy na dim."

Ychydig fetrau wedyn troais i weld a oedd Niklas yn dal i fod yno. Stopiodd ar ddiwedd y stryd a gweiddi, "Eff off!!"

Pan gyrhaeddon ni'r tŷ roedd y goleuadau i gyd ymlaen. Doedd hynny ddim yn arwydd da.

Aethon ni i mewn a gweld Mam yn cysgu yn ei chadair.

Roedd hi wedi bod yn aros i ni ddod adre ac wedi syrthio i gysgu siŵr o fod. Roedd hynny'n esbonio'r diffyg negeseuon a galwadau ffôn.

Edrychodd Adrian arna i a chodais fy ysgwyddau. Wedyn aeth y ddau ohonon ni i'n stafelloedd.

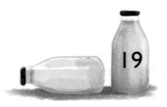

Deffrais yn fy nillad tua un ar ddeg o'r gloch fore trannoeth. Roedd cwlwm yn fy stumog, naill ai oherwydd y pwnsh gan ddwrn Niklas neu'r holl bwnsh ro'n i wedi'i yfed. O leia roedd Niklas wedi 'nharo i mewn lle nad oedd yn amlwg, fel fy nhrwyn neu fy llygad. Byddai clais ar fy wyneb wedi bod yn anodd ei esbonio wrth Mam.

Estynnais am fy ffôn ond doedd e ddim ar y bwrdd bach wrth ymyl y gwely lle ro'n i'n arfer ei roi. Taflais y dwfe i'r naill ochr a ffeindio'r ffôn ar y llawr ar waelod y gwely. Roedd e'n farw. Roedd fy mhen yn brifo a 'ngheg yn sych grimp.

Triais gofio digwyddiadau neithiwr. Y peth cyntaf ddaeth i'r cof oedd y chwydu i mewn i'r fas ddrud. Cofiais wedyn am y ferch yn fy ngalw i'n gorrach, yn hamddenol, fel tasai'n beth arferol i'w ddweud wrth rywun. Dwi ddim yn siŵr ai twp oedd hi neu jyst creulon. Efallai'r ddau.

Wedyn cofiais am Niklas. Do'n i erioed wedi ymladd o'r blaen. Pan o'n i'n blentyn byddai pawb yn ofalus iawn ohona i, ac ar ryw bwynt aethon ni'n rhy hen i ymladd yn gorfforol dros bethau bach.

Daeth cnoc ar fy nrws ac eisteddais i fyny yn y gwely, gan

drio actio'n normal. Ond yn sydyn, ro'n i'n amau beth oedd yn normal rhagor.

Agorodd Adrian y drws a rhoi i ben i mewn i'r stafell.

"Hei," meddai, "ti'n iawn?"

"Ydw."

"Dwi 'di bod â Frank am dro."

Fi oedd yn codi'n fore fel arfer ar ddydd Sul i fynd ag e am dro. "O, diolch. Ydy Mam 'di dweud rhywbeth?"

Siglodd ei ben. "Na, aeth hi i siopa bore 'ma. Roedd rhaid iddi brynu tabledi, medde hi, achos bod cric yn ei gwddw ar ôl cysgu'n lletchwith yn y gadair drwy'r nos."

Ro'n i'n teimlo'n wael. Dylen ni fod wedi ei deffro ar ôl cyrraedd adre ond ddim dyna wnaethon ni neithiwr, rhag ofn cael stŵr.

"Ocê, da iawn," dwedais. "Wel, a ddim da iawn, ond ni ddim mewn trwbwl, ydyn ni?"

Siglodd ei ben.

"Hei, ti'n fodlon mynd i nôl dŵr i fi?"

Fyddai Adrian byth yn was bach i unrhyw un fel arfer, ond y tro yma rhoddodd nòd a gadael y stafell.

Rhoddais y ffôn i tsiarjo a'i droi ymlaen. Pingiodd gwpwl o weithiau, i ddangos bod gen i negeseuon. Roedd un gan Sofia.

Hei, sleepy head. Isie tsieco bod ti'n iawn.

Atebais i ddim.

Roedd ambell neges yn y sgwrs grŵp sydd gan Adrian, Filip a fi.

Filip: *Be ddiawl ddigwyddodd ar ôl i fi fynd adre neithiwr?*

Adrian: *Ydy Niklas wedi dweud rhywbeth?*

Filip: *Halodd e neges i ddweud bod Sander wedi ymosod arno fe? A bod ymladd wedi bod?*

Adrian: *Sai'n siŵr iawn be ddigwyddodd.*

Filip: *Sander???*

Rhoddais y ffôn i lawr. Do'n i ddim yn y mŵd i siarad â neb.

Roedd Niklas yn grac. Oedd hynny'n meddwl nad oedd e eisiau bod gyda ni rhagor? Beth fyddai Adrian a Filip yn ei wneud? Roedd Adrian wedi ymladd i fy amddiffyn i, ond roedd e a Filip fel tasen nhw â mwy o ddiddordeb mewn bod yng nghwmni Niklas yn ddiweddar.

Yn sydyn, cofiais am fy meddyginiaeth. Do'n i ddim wedi cael brechiad neithiwr a rhegais yn dawel bach. Tynnais y dwfe dros fy mhen a phenderfynu aros yna. Dyw bod yn fyr ddim yn bwysig pan wyt ti yn y gwely.

Ychydig funudau wedyn daeth Adrian yn ôl gyda gwydraid o ddŵr a llyncais y cyfan mewn un llwnc. "Diolch," dwedais.

"Ti'n iawn?"

"Ti 'di gofyn hynna'n barod."

"Wyt ti?"

"Ydw."

"Sut o't ti'n gwbod enw'r dyn yna?"

"Pwy?"

"Y dyn od. Kaland."

"Sai'n gwbod." Codais fy ysgwyddau. "Weles i'r enw unwaith."

"Pam o't ti mor grac?"

"O'n i 'di meddwi. Ac yn stiwpid. A Niklas, wel... timod, pwy sy'n taflu wyau at dai, c'mon?"

"Hynna na'th i ti fflipio?"

Codais fy ysgwyddau eto. A dweud y gwir, y ffordd siaradodd e am Sofia oedd yn ffiaidd. Roedd hi'n ferch smart a doniol ac yn ffrind da. Ddim yn rhywun i Niklas frolio a chreu storïau amdani.

Fi oedd biau Sofia. Wel, na, doedd hynny ddim yn iawn.

Erbyn i Mam ddod adre ro'n i wedi cael cawod, bwyta darn o fara a Nutella, a bwydo Frank.

"Gest ti amser da neithiwr?" gofynnodd Mam.

"Do."

"Da iawn, falch gest ti hwyl." Wedyn dechreuodd roi'r bwyd yn y cwpwrdd a chadw pedair brest o gyw iâr organig ar y bwrdd.

Roedd fy mhen wedi gwella. Ro'n i'n teimlo'n iawn. Ond bob tro ro'n i'n meddwl am ddigwyddiadau'r noson cynt, teimlwn yn wan. Doedd neb yn gwybod 'mod i wedi chwydu ond roedd bron pawb wedi 'ngweld i'n cysgu ar y cotiau.

Sut byddai Sofia yn ymateb i'r ymladd, tybed? Roedd hi'n weddol glir gyda phwy byddai hi'n ochri. Roedd Niklas yn idiot, ond roedd e'n ddoniol, yn dal ac yn cŵl, ac weithiau hyd yn oed yn idiot neis.

20

Y bore wedyn, deffrais yn teimlo'n oer. Edrychais drwy'r ffenest ond doedd dim arwydd o dywydd rhewllyd. Tsieciais y tymheredd ar fy ffôn. Dwy radd, felly roedd hi'n iawn i seiclo i'r ysgol.

Mae'n anodd esbonio, ond mae gen i ofn ofnadwy am syrthio.

Un gaeaf, pan oedd Jakob tua deg oed, roedd e a'i ffrindiau wedi herio'i gilydd i seiclo lawr rhiw serth. Roedden nhw'n mynd fel y gwynt ac yn trio cyrraedd y gwaelod i ennill y ras. Roedd Jakob wedi gwasgu'r brêcs wrth fynd dros ddarn rhewllyd o'r ffordd. Hedfanodd dros y beic a thorri ei fraich. Mae'n siŵr byddai seiciatrydd ysgol yn dweud mai dyna oedd tarddiad fy ffobia.

Aeth Mam ag e i'r ysbyty ac roedd rhaid iddo wisgo cast am gwpwl o wythnosau. Dwi'n cofio meddwl bod y cast yn cŵl. Pan ddaeth Jakob adre o'r ysgol y diwrnod cyntaf ar ôl y ddamwain, roedd pawb wedi arwyddo'r plaster a'r merched wedi tynnu lluniau blodau a chalonnau lliwgar arno. Roedd y cast fel tasai wedi ei wneud yn fwy poblogaidd ac ro'n i eisiau un hefyd. Ond ddim digon i fod mewn damwain, wrth gwrs. Ond ar y cyfan dwi ddim yn cofio i'r ddamwain fod yn rhy ddramatig, a dwi ddim yn siŵr ydy e'n berthnasol beth bynnag.

Darllenais erthygl gan academydd rhywdro, oedd yn dweud ei bod hi'n bwysig yn natblygiad plant iddyn nhw ddringo coed a chwympo, oherwydd fel'na maen nhw'n dysgu sut i godi'n ôl ar eu traed. Ro'n i'n naw oed pan ddechreuais i reidio beic. Efallai byddai seiciatrydd ysgol yn dweud taw dyna'r rheswm pam dwi mor ofalus o hyd. Erbyn hynny, roedd arna i gymaint o ofn cwympo oherwydd 'mod i erioed wedi cwympo, a heb arfer â hynny.

Dwi ddim yn gwybod. A does dim hyd yn oed seiciatrydd yn yr ysgol.

Codais a chael cawod gyflym cyn brecwast. Wedyn, cwrddodd Adrian a fi â Filip, fel arfer. Cyn i'r gwersi ddechrau roedd dau berson wedi 'ngalw i'n Sleeping Beauty ac un arall (dwi ddim yn cofio'i weld yn y parti) yn fy ngalw i'n 'Snooze Jacket', beth bynnag mae hynny'n ei feddwl. Do'n i erioed wedi teimlo gymaint o ryddhad pan ddechreuodd y wers a phawb wedi setlo.

Dechrau'r diwrnod, ac roedd fy athro Norwyeg yn parablu am symboliaeth mewn barddoniaeth. Ac fe wnes i ymdrech i wrando, oherwydd roedd yn dda cael rhywbeth arall i lenwi fy meddwl.

Amser egwyl, es i gwrdd â'r bois. Ro'n i'n poeni braidd am weld Niklas, oherwydd wyddwn i ddim a fyddai'n dal i fod yn grac. Ond, er mawr ryddhad, doedd e ddim yn yr ysgol.

"Ydy e'n sâl?" gofynnais.

"Dwi ddim 'di clywed wrtho fe," meddai Filip. Edrychodd ar Adrian a fi. "Dwedwch beth ddiawl ddigwyddodd ar ôl y parti."

Gadawais i Adrian ddweud yr hanes, ond aeth e ddim i

lawer o fanylion ac roedd Filip yn gofyn cwestiynau o hyd.

"Jyst ymladd twp," dwedais. "Dyw e ddim yn bwysig nawr." Ond do'n i ddim yn credu hynny.

Ar ddiwedd y dydd daeth Sofia heibio fy stafell ddosbarth.

"Hei," meddai. "Be sy?"

"Dim."

"Atebaist ti ddim ddoe."

"O, reit, sori. Anghofies i. Do'n i ddim yn teimlo'n sbesial."

"Greda i! Ti isie dod draw yn syth ar ôl ysgol neu nes mlaen?"

Edrychais arni yn syn.

Ochneidiodd. "Ti 'di anghofio."

Yn sydyn gwawriodd arna i. Oherwydd ei bod hi eisiau amser i baratoi ar gyfer y parti, ro'n ni wedi cytuno i gwrdd ddydd Llun. Y peth diwethaf ro'n i eisiau, ar hyn o bryd, oedd mynd draw i'w thŷ hi. Ond allwn i ddim meddwl am esgus i beidio mynd. "Nadw," dwedais.

"So?"

"Ie, iawn, awn ni ar ôl ysgol."

Meddyliais tybed oedd Niklas wedi sôn wrth Sofia am yr ymladd, ond ddwedodd hi ddim byd. Os oedd e wedi rhoi ei fersiwn e o'r digwyddiad, mae'n siŵr y byddai hi wedi dweud rhywbeth neu hyd yn oed fod yn flin gyda fi, ond ddwedodd hi ddim byd a doedd hi ddim yn flin. Ddylwn i ddweud fy fersiwn i o'r stori wrthi?

Ro'n i yn ei stafell. Yn eistedd yn yr un gadair, wrth yr un ddesg, yn darllen am sosialaeth. Neu'n trio. Roedd popeth yr un peth, ac eto ddim. Oherwydd roedd Niklas wedi bod yn y stafell yma. Roedd e wedi eistedd yn y gadair yma, wedi edrych ar y recordiau yma. Bod yn y gwely yma hyd yn oed. A gwneud pethau yma. Gyda Sofia. Ac efallai fod condom yn gysylltiedig â'r peth.

"Welest ti Niklas heddi?" gofynnodd Sofia yn sydyn.

Siglais fy mhen.

"Ti ddim yn gwbod pam oedd e'n absennol?"

"Na. Pam?"

"Wel…" Stopiodd, gan rolio pensil rhwng ei bys a'i bawd. "Dwi heb siarad ag e ers nos Sadwrn. 'Nes i decstio fe ddoe ond atebodd e ddim."

"Wir?" Do'n i ddim yn gwybod beth i'w ddweud.

"Be ma hynna fod i feddwl?"

"Sai'n gwbod."

"Ydy e wedi cysylltu â ti?"

Siglais fy mhen.

Daliodd fy llygad am rai eiliadau cyn troi'n ôl at ei llyfr. Dwi ddim yn siŵr a oedd hi'n fy nghredu i, ond ofynnodd hi ddim mwy o gwestiynau.

Troais y dudalen, er 'mod i heb orffen darllen. Ro'n i i fod i ateb cwestiynau am y bennod ond doedd dim syniad gyda fi beth oedd y cynnwys.

"Mae e 'di bennu 'da fi, on'd yw e?" gofynnodd yn dawel.

"Be, pwy?"

"O, paid actio'n dwp."

"Dwi ddim! Fel dwedes i, dwi heb siarad ag e."

Edrychodd arna i. "Wel, ti'n fachgen! Fyddet ti'n anwybyddu tecsts wrth ferch ti'n hoffi?"

Yr unig ferch ro'n i erioed wedi ei hoffi oedd hi. Ond allwn i ddim cyfaddef hynny. Meddyliais am funud, cyn dweud, "Falle. Ond falle bod ambell fachgen ddim ond ar ôl un peth."

Gwelais hi'n gwingo. "Be?"

"Dim byd." Yn sydyn teimlais yn boeth. "Sori, ddylen i ddim fod wedi dweud hynna."

"Dyw e ddim o dy fusnes di," meddai mewn llais caled, "ond naethon ni ddim byd."

"O, sori." Ond ro'n i'n teimlo rhyddhad.

"Aros... ddwedodd e beth naethon ni?"

"Naddo, wel, ddim yn hollol."

"Wel, beth yn hollol ddwedodd e?"

Bod bŵbs neis gyda ti. A bod y condom ddim yn ei waled rhagor.

Siglais fy mhen.

"Dim byd. Fi sy 'di dyfalu." Dwi ddim yn siŵr pam na ddwedais y gwir wrthi. Fel tasai hi'n mynd yn grac gyda fi, ddim Niklas.

"Dwi ddim yn dyfalu am dy *sex life* di, Sander. Falle ddylet ti ddim dyfalu am fy un i chwaith."

Edrychais i lawr ar fy llyfr, fy mochau ar dân. Oedd hi'n credu bod rhyw yn rhan o 'mywyd i? Neu'n golygu nad oedd hi'n dyfalu unrhyw beth, y naill ffordd na'r llall? Darllenais yr un frawddeg drosodd a throsodd, a doedd dim byd yn aros yn y cof.

Ymhen ychydig, Sofia dorrodd y tawelwch. "Ti'n gwbod bod rhywun wedi chwydu yn fas Grenoble Mam?"

Edrychais arni. "O na!"

"Do, pwy fydde'n neud ffasiwn beth?"

Codais fy ysgwyddau. "Duw a ŵyr." Agorais fy llyfr nodiadau a chroesi popeth nad oedd fy ffangs i yng ngwaelod y fas.

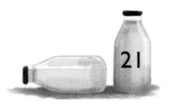

21

Ro'n i'n teimlo rhyddhad wrth adael tŷ Sofia ar ôl y sesiwn adolygu. Roedd pethau wedi bod yn lletchwith ac ro'n i'n ysu i adael. Roedd hi wedi tywyllu, er mai dim ond tua pump o'r gloch oedd hi. Roedd yr hewlydd yn reit lithrig mewn ambell le, felly penderfynais gerdded a gwthio'r beic fel bod gen i fwy o reolaeth.

Cerddais drwy'r goedwig am adre a gwelais Vemund yn sefyll y tu allan i'w dŷ, yn llenwi'r botel bwyd adar oedd yn hongian ar un o'r coed. Codais fy llaw pan welodd e fi, a chododd yntau ei law yn ôl.

"Helô," meddai, wrth i fi nesáu ato. "Mae'n mynd yn fwy anodd i'r adar gael bwyd pan mae'r ddaear yn rhewi. Rhaid neud yn siŵr bod digon o fwyd iddyn nhw fan hyn."

Nodiais.

"Be sy mlân 'da ti?" gofynnodd. "Galla i ddangos y cam nesa yn y broses camera twll pìn os oes amser 'da ti."

"Wrth gwrs," dwedais. Cuddiais fy meic yn y llwyni, o olwg y stryd, a dilyn Vemund i mewn i'r tŷ. Tasai Adrian yn digwydd cerdded heibio a gweld y beic yn y dreif, byddai tipyn o waith esbonio.

Doedd dim byd wedi newid yn y stafell dywyll ers y

123

tro diwethaf, a negatif y goeden yn dal i hongian ar y lein ddillad.

Sylwais ar bentwr o ffotograffau ar y silff. Ar y top roedd llun o fersiwn ifanc iawn o Vemund a bachgen bach yn rhwyfo cwch. Rhwng y ddau roedd pysgodyn. Brithyll, o bosib. Do'n i ddim yn siŵr.

Yn ein tŷ ni mae 'na lun wedi ei fframio ohona i yn chwech oed yn dal gwialen bysgota, a'r pysgodyn lleiaf erioed ar y bachyn. Fy mhysgodyn cyntaf. Yr unig bysgodyn i fi ei ddal, dwi'n meddwl. Dwi'n gwenu ar y camera, ond dwi'n cofio 'mod i'n teimlo'n ddiflas drwy'r dydd. Roedden ni wedi bod allan ers oriau ac ro'n i'n oer ac yn wlyb ac eisiau mynd adre. Yr unig beth da am y diwrnod oedd pa mor hapus ac mor browd roedd Dad.

"Pysgotwr oedd Dad," dwedais yn sydyn, heb wybod pam.

Nodiodd Vemund. "Dwi'n gwbod. Ddaeth e â phenfras 13 cilo i fi un diwrnod. Doedd dim lle yn ei rewgell, medde fe." Gwenodd. "Sdim pawb rownd ffordd hyn wedi cymryd ata i. Dy'n nhw ddim yn hoff o unrhyw un sy'n wahanol. Ond roedd dy dad yn garedig iawn o hyd."

Edrychais arno, gan deimlo'n annifyr. Ro'n i'n un o'r bobl hynny oedd yn meddwl ei fod e'n od ac yn wallgo, dim ond am ei fod e'n wahanol. Ro'n i wedi anghofio ei fod e'n adnabod Dad. "Dwi erioed wedi bod yn hoff o bysgota," dwedais, oherwydd do'n i ddim yn gwybod beth arall i'w ddweud.

"Sdim ots."

"Oedd eich mab chi â diddordeb mewn ffotograffiaeth?"

Gwenodd. "Na, ddim o gwbwl."

"Oedd hynny'n siom?"

"Na. Ro'n ni'n dau yn hoffi rhai o'r un pethau, fel llyfrau a cherddoriaeth, ac ro'n i'n mwynhau rhannu'r rheini. Ond roedd ganddo fe ei ddiddordebau ei hunan, fel gemau bwrdd. Roedd e'n chwaraewr gwyddbwyll da iawn."

Meddyliais am hyn. Roedd Dad yn bysgotwr, ond dim un o'i dri mab yn rhannu'r diddordeb. Roedd e wedi trio'i orau, ond doedd dim diddordeb gan yr un ohonon ni. Tasai Dad dal yma, gallen ni fod wedi rhannu ffotograffiaeth gyda'n gilydd yn lle hynny.

"Yr unig beth mae pob tad isie yw gweld ei blant yn hapus ac yn iach," meddai Vemund. "Ond roedd fy mab i'n anhapus ac yn sâl y diwrnod fuodd e farw, ond dwi'n gobeithio ei fod wedi teimlo'n hapus ar ryw adeg yn ei fywyd."

"Dwi'n siŵr bod e."

Nodiodd. Yna, clapiodd ei ddwylo gyda'i gilydd. "Iawn, gad i ni ddechrau." Tynnodd sbectol o boced ei siaced a'i rhoi ar ei drwyn. "Gwneud print positif allan o'r llun negatif. I neud ffotograff."

Tynnodd y llun negatif o'r lein ddillad. "Mae angen y chwyddwr lluniau ar gyfer y cam nesa."

"Ond ma'r negatif yn faint llun yn barod. Pam ma angen chwyddo fe?"

"Sdim rhaid addasu'r maint, dim ond defnyddio'r chwyddwr i greu print positif o'r negatif." Diffoddodd y goleuadau a throi'r golau bach ymlaen. Yna aeth â fi at ryw fath o daflunydd ym mhen arall y stafell ac estyn dalen newydd o bapur ffoto.

"Yn gyntaf, rhaid rhoi hwn ar y gwaelod," meddai gan ddangos plât ar waelod y taflunydd. "A rhoi'r ochr *emulsion* i wynebu am lan. Wedyn rhoi'r negatif ar ben y papur, gyda'r ochr *emulsion* i lawr."

Gwnes i'n union fel dwedodd e.

"Gwych. Nawr rhaid neud yn siŵr bod popeth yn aros yn ei le," meddai Vemund wrth roi'r plât gwydr ar ben y negatif. "Byddai'r broses yn gallu gweithio heb y gwydr ond ma hyn yn pwyso'r llun i lawr a'i gadw yn ei le." Trodd y taflunydd ymlaen.

"Bydd golau'n pasio drwy rannau gwyn y negatif ac yn eu trosglwyddo i'r papur odano. Pan fydd e wedi datblygu bydd y rhannau gwyn wedi troi'n dywyll."

"Beth am rannau tywyll y negatif?"

"Mae'r rheini'n blocio'r golau, felly wrth gael eu trosglwyddo i'r papur byddan nhw'n ymddangos yn wyn." Gwenodd. "Hud a lledrith."

Ar ôl tipyn diffoddodd y taflunydd a throi'r prif olau ymlaen. Roedd y lliwiau wedi cael eu cyfnewid, fel dwedodd Vemund.

"Ma fe'n edrych fel llun iawn," dwedais.

"*Ma* fe'n llun iawn," dwedodd Vemund. "Mae e ychydig bach yn rhy dywyll a falle 'mod i wedi ei ddal dan y golau'n rhy hir. Sdim atebion iawn, dim ond trio a gobeithio'r gorau. Ond os ydy'r negatif gyda ti, allet ti drio creu llun positif o hwnnw dro ar ôl tro. Felly'r tro nesa, bydd angen llai o amser arno dan y golau."

Rhoddodd y llun positif drwy'r un broses â'r un negatif – datblygu, fficser a bath atal – ei rinsio a'i hongian ar y lein ddillad.

Edrychais ar y llun. Roedd e'n iawn. Hud a lledrith. Yna ces i'r syniad gorau erioed.

"Hei, os bydden i isie neud hyn ar gyfer prosiect ysgol, allen i ddatblygu'r lluniau fan hyn?"

"Wrth gwrs. Croeso i ti ddefnyddio'r stafell dywyll unrhyw bryd."

"Diolch!"

"Ti isie'r camera twll pìn hefyd? Mae e dal yma rhywle."

"Na, mae'n iawn. Well i fi drio neud un fy hunan ar gyfer y prosiect."

"Ocê, ond rho wbod os galla i helpu mewn unrhyw ffordd."

"Wel, falle gallwch chi atgoffa fi sut i neud y camera." Agorais fy mag, tynnu fy llyfr nodiadau allan a sgwennu'r cyfarwyddiadau i gyd.

Cyn i fi adael rhoddodd bentwr o bapur ffotograffiaeth i fi. "Bydd angen rhain arnot ti."

Y diwrnod wedyn roedd Niklas yn yr ysgol, ond siaradais i ddim ag e. Roedd e gyda Sofia drwy'r dydd, felly dwi'n cymryd bod popeth yn iawn rhyngddyn nhw. O ble ro'n i'n sefyll allwn i ddim clywed beth roedden nhw'n dweud, ond roedd e'n gwneud iddi chwerthin ac roedd hi'n cyffwrdd â'i fraich. Dim ond am eiliad. Neu am oriau – dwi ddim yn cofio.

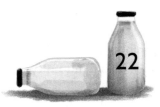

Dyma beth sydd ei angen i greu camera twll pìn:

- Bocs gyda chaead (e.e. bocs sgidiau). Rhaid i du fewn y bocs fod yn hollol dywyll a rhaid osgoi adlewyrchiad golau. Os nad oes ganddoch chi focs tywyll, gallwch chi beintio'r tu fewn.
- Nodwydd, hoelen neu bìn i wneud twll bach. (Bydd y twll yn gweithio fel lens y camera.)
- Cyllell grefft (mae siswrn hefyd yn ddefnyddiol).
- Tâp du.
- Glud.
- Tun alwminiwm.
- Papur emeri mân neu bapur tywod.

Fel hyn mae gwneud y camera:

1) Torrwch siâp petryal o'r tun alwminiwm (tua 3cm × 4cm). Gnewch dwll yn y canol gyda'r nodwydd a llyfnhau'r ddwy ochr.
2) Defnyddiwch y gyllell grefft i dorri siâp sgwâr yn y bocs.

3) Tapiwch y plât tun tu fewn y bocs, y tu ôl i'r agoriad sgwâr.

4) Ar du allan y bocs gorchuddiwch y twll â darn o'r tâp du. (Bydd hwn yn gweithio fel caead.)

5) Tapiwch dudalen o bapur ffotograffiaeth y tu fewn i'r bocs, ar yr ochr sydd gyferbyn â'r twll pìn. (PWYSIG: RHAID I HYN GAEL EI WNEUD MEWN LLE HOLLOL DYWYLL NEU BYDD Y PAPUR YN CAEL EI DDIFETHA!)

Ro'n i'n sefyll yn y garej, yn trio gwneud fy nghamera fy hun. Rhoddais flaen fy mys yn dyner ar y bocs sgidiau i weld oedd y paent wedi sychu. Roedd e'n dal i fod ychydig bach yn stici, felly penderfynais aros am rai munudau eto.

Cefais sioc wrth glywed sŵn drws y garej yn agor, ac ar ôl troi gwelais dreinyrs Adrian yn dod drwy'r bwlch yn y drws.

"Be ti'n neud?" gofynnodd wrth gerdded i mewn.

"Camera."

"Be?"

"Dyma beth dwi'n meddwl neud ar gyfer y prosiect gwyddoniaeth, felly dwi'n arbrofi."

"Waw," meddai Adrian. "Ti o ddifri am dy waith ysgol dyddiau 'ma."

Chwarddais.

"Sut ma fe'n gweithio?"

Do'n i ddim yn teimlo fel esbonio popeth yn fanwl – a doedd Adrian ddim wir â diddordeb chwaith. "Ma golau'n teithio drwy'r twll ac yn taflu llun wyneb i waered ar y papur ffoto sydd ar ochr arall y bocs. Mae'n eitha syml."

Gwgodd. "Wel, dyw e ddim yn swnio'n syml." Cerddodd

i ben arall y garej i nôl ei feic. "Dwi'n mynd draw at Filip. Ti'n dod?"

Do'n i ddim eisiau dweud wrtho'i bod yn well gen i aros i weithio ar y camera na chwarae gemau fideo yn nhŷ ffrind. Roedd hynny'n swnio'n rhy ryfedd. Felly codais fy ysgwyddau. "Iawn," dwedais a mynd i nôl fy meic.

Do'n i ddim wedi disgwyl i rywun arall fod yn nhŷ Filip. Yn enwedig y grŵp penodol yna o bobl. Cerddon ni i mewn i'r stafell fyw a'r person cyntaf welais i oedd Niklas.

Dylen i fod wedi dyfalu y byddai e yno, ond wnes i ddim. Fel rheol, byddai hynny wedi bod yn ocê, ond do'n i heb weld Niklas ers yr ymladd, felly roedd pethau braidd yn lletchwith.

Roedd Sofia yn eistedd wrth ei ymyl, oedd yn gwneud synnwyr am wn i. Ar ben arall y soffa roedd dau oedd yn weddol ddieithr i fi. Christopher oedd enw un, dwi'n meddwl, a doedd gen i ddim syniad beth oedd enw'r ferch.

Roedd Filip yn eistedd mewn cadair, yn dal y rimôt yn ei law ac yn fflicio drwy fideos YouTube ar y teledu.

Yr unig le i Adrian a fi eistedd oedd yng nghanol y soffa, i lenwi'r bwlch rhwng y ferch, Christopher, Sofia a Niklas, oedd yn annifyr.

Edrychais ar Niklas.

"Hei," dwedais.

"Hei," atebodd Niklas, gan nodio. Roedd eiliadau o dawelwch poenus cyn iddo wenu a dweud, "Iawn, Sleeping Beauty?"

A dechreuais chwerthin. Oherwydd o fewn un eiliad, roedd popeth yn normal eto.

Buon ni'n gwylio sawl fideo doniol ar YouTube. Pobl yn syrthio gan fwyaf. A chathod. Doedd neb yn siarad, dim ond edrych ar eu ffonau. Bob hyn a hyn byddai Christopher yn edrych i fyny o sgrin ei ffôn ac yn dweud, "Chwarae hwn, mae hwn yn dda" neu "Na, dim hwn, mae'n crap", ond heblaw am hynny roedd pawb yn dawel.

Ar ôl cyrraedd adre, es yn syth i'r garej i orffen fy nghamera. Roedd y paent yn hollol sych. Ro'n i wedi torri sgwâr alwminiwm ac roedd angen gwneud twll ynddo. Rhoddais fy llaw yn un o'r tuniau oedd yn llawn hoelion a bolltau, unrhyw beth i greu twll bach.

A dyna pryd sylweddolais i fod rhywbeth ar goll.

Roedd allwedd y cwpwrdd gynnau wedi diflannu.

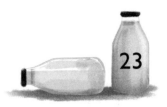

23

Triais agor y cwpwrdd gynnau ond roedd e ar glo. Roedd hi'n amhosib gweld y tu fewn a doedd dim modd gwybod oedd y dryll yno neu beidio. Fwy na thebyg roedd e'n dal yno, ac Adrian wedi rhoi'r allwedd yn ôl yn y lle iawn.

Ond doedd e ddim. Es i fyny'r ysgol a theimlo ar hyd styllen y to gyda fy llaw ond na, doedd yr allwedd ddim yno. Oedd e wedi ei rhoi hi yn rhywle arall?

Roedd Adrian yn eistedd ar y bag ffa yn y seler, yn darllen *The Walking Dead*.

"Hei!" dwedais. "Wyt ti 'di gweld allwedd y cwpwrdd gynnau?"

Edrychodd arna i. "Na, pam?"

Codais fy ysgwyddau. "Dwi ffaelu'i ffeindio hi."

"O, aros, dwi'n gwbod ble mae hi."

"Ble?"

"Ti'n cofio ni'n dangos y dryll i Filip a Niklas? Daflest ti'r allwedd i un o'r tuniau hoelion."

"Dyw hi ddim yna."

"Ond pam ti isie'r dryll?"

"Be? Na, dwi ddim isie'r dryll, dim ond meddwl ble oedd yr allwedd."

"Ti'n meddwl bod hi 'di diflannu?"

"Na, 'na i edrych eto. Mae siŵr o fod yn un o'r tuniau."

Ond doedd hi ddim yn un o'r tuniau.

Ro'n i'n gwybod yn union ym mha dun roedd hi i fod ond gwagiais gynnwys y tuniau i gyd. Hoelion, sgriws, bolltau a nytiau ar hyd y cownter, ond dim un allwedd. Doedd hi ddim yno.

Es i â Frank am dro a stopiais wrth dŷ Filip. Roedd e'n paratoi i fynd i ymarfer pêl-droed.

"Be sy?" gofynnodd. "Dwi ar frys. Bydd y *coach* yn fy lladd i os bydda i'n hwyr heno eto."

"Paid poeni, dim ond un cwestiwn bach, a gei di fynd."

"Iawn."

"Ti'n gwbod y cwpwrdd gynnau yn y garej?"

"Ie?"

"Dyw'r allwedd ddim digwydd bod 'da ti, ydy hi?"

"Be? Na!"

Gwenais. "Dyna beth o'n i'n meddwl."

Yr unig berson arall allai wybod bod yr allwedd yn y tun oedd Niklas. Fyddai ganddo fe ddim syniad chwaith, mae'n siŵr, ond roedd rhaid i fi ofyn iddo. Es i rownd cornel y stryd a cherdded tuag at y goedwig. Gallwn weld Vemund allan yn yr iard yn hongian baner o sgwariau du a gwyn. Edrychai fel un o'r baneri mewn rasys ceir. Cerddais draw ato a gofyn beth roedd e'n ei wneud.

"Mae Pencampwriaeth Gwyddbwyll y Byd yn dechrau cyn bo hir. Rhaid dangos cefnogaeth i Magnus Carlsen."

Do'n i erioed wedi gweld neb yn dathlu rhywbeth fel'na o'r blaen. "Baner rasio ceir yw honna?"

"Ie, ond mae'n edrych fel bwrdd gwyddbwyll, ti'm yn meddwl?"

"Ydy!"

"Roedd fy mab wrth ei fodd â gwyddbwyll. Ddwedais i wrthot ti ei fod e'n arfer chwarae mewn cystadlaethau lleol?"

"Naddo."

"Roedd e'n chwaraewr da. Mewn un twrnament penderfynodd e beidio siafio tan iddo golli gêm. Roedd e'n ofergoelus ac yn meddwl byddai colli ei farf yn neud iddo golli ei lwc. Gweithiodd e hefyd, achos roedd e'n ennill drwy'r amser." Chwarddodd. "Dyna sut roedd ei farf e mor hir."

"Ond wedyn, na'th e siafio."

"Do."

"Achos roedd e'n meddwl lladd ei hunan?"

"Falle." Cododd ei ysgwyddau. "Wna i byth gael atebion."

Wrth i Frank a fi gerdded adre, ro'n i'n meddwl tipyn am fab Vemund. Ro'n i wedi difaru sôn am yr hunanladdiad, ond ro'n i'n methu deall sut roedd newid golwg yn arwydd drwg. Mae pawb yn siafio ac yn torri gwallt. Maen nhw'n bethau mor gyffredin, felly sut roedd pobl i fod i ddeall yr arwyddion?

Gobeithio nad oedd Vemund yn beio'i hun am fethu gweld yr arwyddion. Pwy fasai'n meddwl?

Ar ôl cyrraedd adre, tynnais Frank yn rhydd o'i dennyn a llenwi ei fowlen ddŵr.

Ac yn sydyn, syrthiodd y geiniog.

Ac roedd fy nghalon bron â stopio curo.

Achos ro'n i'n gwybod ble roedd yr allwedd.

Agorais y drws a dechrau rhedeg i lawr y stryd. Dylen i fod wedi sylweddoli'n gynt. Roedd yr arwyddion i gyd yna. Pwy yn ei iawn bwyll sy'n gwisgo fel hunanladdwr ar noson

Calan Gaeaf? Croesais y ffordd heb hyd yn oed edrych a oedd ceir yn dod. O na, beth os o'n i'n rhy hwyr?

Heb arafu, tynnais fy ffôn o fy mhoced a galw Niklas. Dim ateb. Wrth redeg i fyny'r allt hir tuag at Rosk, ro'n i'n teimlo flinedig ac eisiau chwydu, ond stopiais i ddim. Ro'n i'n dal ati i ffonio ond doedd e ddim yn ateb.

Cyrhaeddais ei dŷ, rhedeg i fyny'r stepiau at y drws ffrynt a chanu'r gloch sawl gwaith cyn dechrau cnocio. A dweud y gwir, ro'n i'n dyrnu'r drws mor galed nes bod fy llaw i'n brifo.

Dim ateb. Roedd ffenest wrth y drws, a chymerais bip tu fewn. Do'n i ddim yn gallu gweld unrhyw un, ond roedd y golau ymlaen, felly mae'n rhaid bod rhywun gartref.

Rhedais wrth ochr y tŷ ac i'r iard gefn. Cofiais i Niklas ddweud bod ei stafell ar yr ail lawr yn wynebu'r cefn. Ffeindiais ambell garreg a'u taflu at y ffenest, gan obeithio y byddai'n eu clywed.

Ond mae'n bosib nad oedd e yn ei stafell o gwbwl. Gallai fod yn unrhyw le. O'n i'n rhy hwyr?

Gwelais garreg fwy o faint a thaflu honno hefyd at y ffenest. Ond tarodd y wal gyda thwmp.

Yna, pan o'n i ar fin rhoi'r ffidil yn y to, gwelais y llenni yn symud. Agorodd Niklas y ffenest.

"Be ddiawl? Ti'n trio torri'r ffenest?"

Do'n i erioed wedi dychmygu y byddai gweld ei wallt glas yn fy ngwneud i mor hapus. Dechreuais chwerthin, heb unrhyw reolaeth, roedd e'n gymaint o ryddhad.

"Be sy'n bod?" gwgodd. "Be sy mor ddoniol?"

Yna agorodd y llen arall a daeth pen arall i'r golwg yn y ffenest. Daeth y chwerthin i stop yn sydyn.

Sofia.

Yn sydyn ro'n i'n teimlo'n dwp. O leia roedd y ddau yn dal i wisgo'u dillad...

"Sander?" meddai. "Be ti'n neud fan hyn?"

"Sai'n deall chwaith," meddai Niklas.

"Yyyym, dwi isie siarad â ti, Niklas."

"Dwi'n weddol brysur ar hyn o bryd," meddai gan wenu.

"Plis," dwedais. "Dwi wir angen gair."

Edrychodd ar Sofia a chododd hi ei hysgwyddau. "Iawn. Bydda i lawr nawr."

Munud yn ddiweddarach, daeth allan o'r tŷ ac eisteddodd y ddau ohonon ni ar risiau'r portsh. Yng nghanol yr iard, lle roedd y ramp yn arfer bod, roedd pentwr o bren.

"Be sy?" gofynnodd Niklas.

"So, dwi isie gofyn rhywbeth i ti. Mae allwedd y cwpwrdd gynnau ar goll."

Gwgodd eto. "Ie?"

"Wyt ti'n gwbod ble mae hi?"

"Ti'n trio dweud 'mod i 'di dwyn yr allwedd?"

"Na, wrth gwrs ddim. Jyst wedi ei benthyg hi falle?"

"Pam fydden i'n benthyg allwedd i'r cwpwrdd gynnau yn dy garej di?"

"Drycha, sori am be sy 'di digwydd a'r ymladd a phopeth. Ydyn ni'n cŵl?"

"Ydyn, wrth gwrs. Ni ddim wedi torri'r cod brodyr na dim byd, ddim fel tasen ni wedi ymladd dros rhyw ferch. Ond mae'n cŵl."

"Cod brodyr? Rili?"

"Ie, ti'n gwbod – cadw cefnau'n gilydd bob tro. Os ti isie benthyg arian, gei di arian. Os tecsta i ti ganol nos i ofyn am help i gladdu corff marw, dere di â'r rhaw, math yna o beth."

Gwgais.

"Neu rywbeth llai dramatig. Ond ti'n deall be sy 'da fi."

"Ie, wel, o'n i jyst isie gwbod bod ti'n iawn. O'n i'n poeni byddet ti'n neud rhywbeth... gwirion."

"Fel be? Saethu ti?" Chwarddodd. "O mai god, dyna o't ti'n feddwl?"

"Na, ddim yn hollol. O'n i'n poeni byddet ti'n neud rhywbeth... i ti dy hunan."

"Be?" Aeth i chwerthin eto. "Pam fydden i'n neud hynna?"

"Sai'n gwbod."

Edrychodd arna i fel tasai cyrn yn tyfu o 'mhen i ac yn sydyn ro'n i wedi difaru. Wrth gwrs, doedd cael gwallt glas ddim yn golygu ei fod yn bwriadu lladd ei hun. Ond roedd y ffaith fod yr allwedd ar goll wedi gwneud i fi banicio.

Eisteddon ni mewn tawelwch am dipyn. Roedd gwinwydden fawr wedi troelli o gwmpas ffens y portsh ac edrychai fel tasai'n ymosod ar y tŷ. Ro'n i eisiau tynnu llun ohoni, ond roedd hynny'n amhriodol ar y pryd.

"So, ma'r gwallt glas 'di gweithio," dwedais. "Gyda'r merched."

"Wedes i!" meddai, yn falch.

"Ti'n hoffi hi? Sofia?"

"Mae'n cŵl."

"Na, ti'n gwbod, rili hoffi hi?"

Cododd ei ysgwyddau. "Ydw. A well i fi fynd 'nôl. Bydd hi ffaelu deall ble ydw i."

Meddyliais beth fyddai Niklas yn ei ddweud wrth Sofia. Mae'r holl beth yn swnio'n wirion nawr.

Ar ôl cyrraedd adre, es i nôl tortsh a fflachio'r golau i mewn i'r cwpwrdd gynnau rhwng y tyllau bach awyru. Roedd y dryll yno, yn y lle arferol.

Dyna beth oedd ffŷs am ddim byd! Dylwn i fod wedi teimlo rhyddhad ond ro'n i jyst yn teimlo'n dwp.

Cyn mynd i'r gwely penderfynais fesur fy hun, oherwydd allai'r diwrnod ddim mynd yn waeth.

24

Ro'n i'n eistedd yn stafell Sofia yn trio canolbwyntio ar symleiddio ffracsiynau, ond roedd fy meddwl dros y lle. Meddyliais a oedd Niklas wedi dweud wrth Sofia pam ro'n i wedi rasio draw i'r tŷ ac yn meddwl bod ganddo ddryll. Siŵr o fod. Roedd e'n rhywbeth byddai rhywun yn dweud wrth ei gariad. Ac ro'n nhw'n siŵr o fod wedi chwerthin ar fy mhen i. Roedd popeth yn teimlo'n wahanol ar ôl i'r ddau ddod yn gariadon. Pam alla i ddim stopio meddwl am y ddau drwy'r amser?

Edrychais ar Sofia. Roedd hi'n dawel iawn, a do'n i ddim yn siŵr ai tawel oherwydd ei bod hi'n canolbwyntio oedd hi, neu oherwydd doedd hi ddim eisiau siarad. Ond roedd y tawelwch yn anghyffyrddus.

"Y gwaith cartre yn iawn?" gofynnais.

"Hmmm? Ydy, iawn." Edrychodd hi ddim i fyny o'i llyfr nodiadau hyd yn oed.

Roedd ambell lun newydd ar y wal. Un ohoni hi a'i ffrindiau yn eu gwisgoedd Calan Gaeaf. Un o'i chath yn edrych yn ddiflas mewn clogyn Batman. "Ddim Catwoman ddylai hi fod?" gofynnais.

Atebodd hi ddim.

Pwyntiais at y llun gyda fy mhensil. "Batman yw hwnna."

Edrychodd Sofia i fyny. "Sander? Alla i ofyn rhywbeth i ti?"

"Cei." Roedd hi'n swnio'n ddifrifol ac yn sydyn roedd well gen i'r tawelwch.

"Dydd Mercher, draw yn nhŷ Niklas?"

Dyna'r diwrnod fues i yno. Nodiais.

"Wel, sylwais i fod cleisiau gydag e ar dop ei fraich a'i ysgwydd, felly gofynnais i sut gafodd e nhw."

"Ocê. A?"

"Dwedodd e bod e 'di bod mewn ffeit." Oedodd. "Gyda ti."

Edrychais arni. Be ddiawl? Ro'n i'n amau'n fawr bod yr ymladd wedi achosi unrhyw gleisiau.

"Dwedodd e mai chware oedd e, a'i fod e wedi cwympo ar ryw gerrig. Ydy hynna'n wir?"

"Wel…" dechreuais. "Do, fuon ni'n ymladd, mewn ffordd." Edrychodd i fy llygaid. "Doedd e'n ddim byd mawr."

Siglodd ei phen. "Ma bechgyn mor blentynnaidd." Ac aeth yn ôl at ei llyfr nodiadau.

Oedd hyn yn rhyw fath o god brodyr? Rhyw reol anysgrifenedig oedd yn dweud y dylwn i gefnogi gair Niklas er nad o'n i'n siŵr beth roedd e'n siarad amdano? Cofiais am y boen ofnadwy gafodd e ar ôl i fi neidio arno, felly mae'n bosib bod y cleisiau ganddo fe cyn hynny.

Efallai ei fod wedi bod yn ymladd gyda rhywun arall, a ddim eisiau i Sofia wybod. Neu fi? Ond gyda pwy? Penderfynais beidio dweud gair tan i fi ofyn i Niklas.

Do'n i ddim wir eisiau bod yn rhan o berthynas Sofia a Niklas. Ar ôl gorffen astudio, cerddodd Sofia gyda fi at y drws.

"Hei, dwi 'di bod yn meddwl," dwedais wrth wisgo fy nghot.

"Ie?"

"Sdim angen help arna i rhagor."

"Be?"

"Dwi'n ddiolchgar iawn i ti am bob help, ond dwi'n meddwl galla i fwrw mlaen fy hunan nawr."

"Ocê, iawn," meddai. Cododd ei hysgwyddau. "Mae lan i ti."

Roedd hi'n ymddangos braidd yn siomedig, ond allwn i ddim deall pam. Doedd hi ddim yn rhoi gwersi i fi rhagor beth bynnag. Dim ond gwneud gwaith cartre gyda'n gilydd oedden ni fel arfer.

"Iawn, wela i di nes mlaen 'te?"

"Siŵr o fod." A gwenodd hi.

Ar fy ffordd allan, anfonais decst at Niklas a gofyn iddo ddod i gwrdd â fi yn y parc.

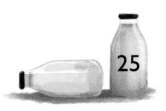

Wrth i fi aros am Niklas, sylwais ar esgid wedi'i gadael ar un o'r meinciau a phenderfynais dynnu llun ohoni. Roedd y syniad o rywun yn gadael esgid ar ddamwain yn rhyfedd iawn, ond am ryw reswm, i fi, roedd hi'n ddelwedd ramantus yng ngolau'r gwyll. Uwchlwythais y llun ar Instagram a rhoi fy ffôn yn fy mhoced.

Beth amser yn ôl, pan o'n i'n mynd â Frank am dro wrth iddi ddechrau tywyllu, daethon ni ar draws safle adeiladu wrth i'r haul fachlud. Triais ddal y ddelwedd fel roedd Dad wedi gwneud yn yr hen lun gyda'r craen.

Roddais i ddim hwnnw ar Instagram oherwydd doedd gan bobl ddim diddordeb mewn lluniau o adeiladau ar eu hanner. Yn bersonol, ro'n i'n hapus â'r llun – roedd e'n cŵl ac yn rhyfedd ar yr un pryd.

Rasiodd Niklas i mewn i'r parc chwarae ar ei feic BMX. Slamiodd y brêcs wrth nesáu ata i, a thaflu'r beic ar y llawr cyn dod i eistedd wrth fy ymyl.

"Be sy?" gofynnodd.

Doedd dim un ffordd o ofyn hyn heb ddatgelu beth ddwedodd Sofia wrtha i.

"Dwi newydd siarad â Sofia," dwedais.

"Ie?"

"Pam wedest ti wrthi 'mod i 'di rhoi cleisiau i ti? Noson Calan Gaeaf."

Edrychodd Niklas ar ei sgidiau. "Holodd hi am hynna, do?"

"Do."

"Beth ddwedest ti wrthi?"

"Dim byd. Dim ond dweud bo' ni 'di bod yn ymladd. Ond gwympest ti ar ryw gerrig?"

"Na."

"Be ddigwyddodd 'te?"

Syllodd o'i flaen, a dechreuais feddwl nad oedd e am ateb. "Syrthiais i ar y ramp," dwedodd yn y diwedd. "Torrodd y ramp pan o'n i arno fe a ces i godwm galed. Es i ar ben y beic ac aeth yr handlenni mewn i fy ochr i."

"Ocê, ond pam wedest ti ddim hynna wrth Sofia? Pam dod â fi mewn i hyn?"

"Sai'n gwbod." Cododd ei ysgwyddau. "Falle bod cael cleisiau mewn ffeit yn swnio'n fwy cŵl. Ond ma hynna'n dwp, dwi'n gwbod."

"Ydy, ma fe'n dwp," cytunais. "Ti'n nabod Sofia?" Doedd dim gobaith caneri y byddai hi'n credu bod ymladd yn cŵl.

"Ie," meddai. "Doedd hi ddim yn hapus. Ond wedes i mai jôc oedd yr holl beth."

Eisteddon ni mewn tawelwch am dipyn tan i Niklas ddweud ei fod e'n cwrdd â Sofia. Aeth y ddau ohonon ni i gyfeiriadau gwahanol a gwthiais y beic adre. Roedd barrug wedi gorchuddio'r llawr dros yr oriau diwethaf.

Roedd gen i ryw deimlad nad oedd stori Niklas yn dal dŵr. Triais gofio pryd dorrodd y ramp. Ychydig wythnosau cyn Calan Gaeaf. Os hynny, byddai'r cleisiau wedi hen fynd. Ro'n i'n hyderus ei fod yn cuddio rhywbeth, ond allwn i ddim bod yn siŵr.

Es i â'r beic i'r garej. Roedd hi'n ganol Tachwedd ac yn bendant yn oeri. Byddai rhew ac eira yn y boreau yn fwy cyson o hyn ymlaen. Pwysais i lawr i adael aer mas o'r teiar cefn. Allwn i ddim seiclo i'r ysgol gyda theiar fflat.

Pan edrychais ar fy ffôn roedd 21 wedi hoffi'r llun o'r esgid. Roedd Sofia wedi postio llun ohoni hi a Niklas. Roedd ei fraich o'i chwmpas hi, ac o sefyll ochr yn ochr doedd hi prin yn cyrraedd ei ysgwydd, oedd yn gwneud iddo edrych yn dalach nag oedd e go iawn. Roedd 73 wedi ei hoffi'n barod.

26

Roedd Johannes ar dân am y prosiectau gwyddoniaeth. Roedd e wedi penderfynu y byddai'n cynnal ffair wyddoniaeth ar ddiwedd y tymor lle byddai pawb yn arddangos eu gwaith.

Ro'n i'n dal ati gyda'r prosiect camera twll pìn. Ro'n i eisiau gwneud un beth bynnag, a gallwn i'n hawdd gael gradd chwech am hyn. Roedd e'r math o brosiect byddai'r athrawon yn ei hoffi (byddai Johannes yn glafoerio drosto), ac roedd e'n eitha hawdd (ro'n i eisoes wedi gwneud un camera oedd yn gweithio). Yr unig her fyddai cael llun da, oedd yn mynd i fod yn rhan bwysig o'r arddangosfa i gael marc uchel.

Y peth gorau am y prosiect oedd y byddwn i'n ei wneud ar ben fy hun. Fyddai ddim yr un diddordeb gan unrhyw un arall. Y rheswm 'mod i'n hapus i'w wneud e ar ben fy hun oedd y byddwn i, fel arall, siŵr o fod, yn cael fy rhoi gydag un o ddau fath o bartner:

1)   Rhywun diog fyddai'n gwneud dim gwaith.

2)   Rhywun uchelgeisiol fyddai eisiau cymryd drosodd a gwneud popeth yn ei ffordd ei hun.

Fel arfer, fyddai dim ots gen i gael partner fel rhif 2, ond roedd hwn yn brosiect pwysig i fi ac ro'n i eisiau ei wneud e yn fy ffordd i.

Es i heibio swyddfa Johannes ar ôl fy ngwers olaf i sôn wrtho am y prosiect. Ac wrth gwrs, fe wnaeth e gyffroi'n lân.

"Syniad gwych, Sander! Mae'n berffaith ar gyfer y prosiect!"

Gwenais.

"Ond, ti'n gwbod, mae'r rhan fwyaf wedi dewis eu prosiectau yn barod. Dwi'n deall os byddi di isie gwneud un arall, i wneud yn siŵr bod partner 'da ti."

"Na, mae'n iawn. Dwi isie neud hwn."

"Os ti moyn, galla i sôn wrth rywun sydd wedi dewis, beth ddwedwn ni, prosiect llai diddorol, a gweld ydy e isie bod yn rhan o dy un di?"

"Na, dim diolch. Mae'n iawn. Dwi'n hapus i neud e fy hunan."

"Ti'n siŵr?"

"Ydw."

"Iawn, wel dwi'n edrych mlaen yn fawr at ei weld e wedi ei orffen. Pob lwc!"

"Diolch."

Ro'n i'n teimlo'n dda wrth gerdded allan o'i swyddfa. Nid yn unig am ei fod e'n hoffi'r syniad ond roedd gen i gyfle gwirioneddol i gael gradd chwech. Heb unrhyw help hefyd.

Ro'n i'n awyddus i ddechrau arni go iawn a phenderfynais fynd i dynnu ambell lun yn syth ar ôl ysgol, gan ei bod hi'n olau o hyd.

Dwedais wrth y lleill fod teiar fflat ar y beic ac y byddwn i'n cerdded i'r ysgol ac yn ôl adre tan iddo gael ei drwsio. Ar ôl ysgol aeth Adrian a Filip ar eu beics yn syth, gan fod ganddyn nhw ymarfer band a phêl-droed, ond cerddodd Niklas gyda fi.

"Be ti isie neud heddi?" gofynnodd.

"Dechrau ar y prosiect gwyddoniaeth."

"O, ocê. Beth yw e? Falle galla i helpu."

"Dwi'n creu camera allan o focs sgidiau."

"Be?"

Ac esboniais yn fras sut roedd e'n gweithio.

"Cŵl," meddai Niklas. "Ga i neud un hefyd?"

"Wir?"

Cododd ei ysgwyddau. "Pam lai? Beth arall wna i?"

"Iawn. Dwi 'di dechrau ar y camera yn barod, ond dwi'n meddwl bod digon o stwff ar ôl i ti neud un hefyd."

Ar ôl cyrraedd adre rhedais i ffeindio bocs sgidiau, tâp du a thun alwminiwm i Niklas. Es allan ato a gofyn iddo agor drws y garej gan fod fy nwylo i'n llawn.

"Beth yw'r cod?"

Nodiais tuag at y lamp ar y wal. "Mae'r allwedd i fod ar dop y lamp."

Cododd ei fraich a theimlo gyda'i law nes iddo ddod o hyd iddi. Doedd dim rhaid iddo sefyll ar flaenau ei draed hyd yn oed. "Chi'n mentro wrth gadw hon fan hyn."

Codais fy ysgwyddau. "Dim ond garej yw e. Be sy 'na i ddwyn?"

Trodd yr allwedd a'i rhoi hi'n ôl. "Sai'n gwbod. Car?"

"Wel, fydde neb yn gallu dod o hyd i allwedd y car." Cerddais i mewn i'r garej a gollwng popeth ar y fainc weithio. "Ti'n barod i ddechrau?"

"Ydw."

Dechreuodd Niklas beintio'r bocs, tra 'mod i'n gorffen fy nghamera. Roedd rhaid i fi fynd i'r tŷ am ychydig i lwytho'r camera mewn tywyllwch a phan ddes i'n ôl roedd Niklas wedi gorffen peintio.

"Be dwi'n neud nawr?"

"Rhaid iddo sychu'n iawn cyn cario mlaen. Ac os nag oes ots 'da ti, dwi isie bwrw mlaen i dynnu lluniau nawr."

"Ocê. Galla i orffen e nes mlaen. Llun o be ti'n mynd i dynnu?"

"Wel, dwi 'di bod isie tynnu llun o'r winwydden sydd ar y portsh yn dy dŷ di."

"Ti isie mynd i tŷ fi?"

"Ydy hynny'n ocê?"

Gwgodd am eiliad. "I dynnu llun y planhigyn?"

Dechreuais i chwerthin. "Dwi'n gwbod. Mae'n swnio'n stiwpid. Ond dwi'n meddwl galle fe weithio'n dda i'r prosiect yma."

"Ocê..." Cododd ei ysgwyddau. "Y winwydden amdani!"

Erbyn i ni gyrraedd tŷ Niklas roedd yr haul wedi mynd y tu ôl i gymylau a fyddai ddim yn hir cyn i ni golli unrhyw olau dydd.

Sylweddolais hefyd mai dim ond un papur ffoto oedd gen i, felly dim ond un siot allwn i gymryd.

"Allet ti dynnu nhw tu fewn?" awgrymodd Niklas.

"Gallen i drio. Ond bydd angen lamp."

Aethon ni i mewn i'r gegin. Stopiodd Niklas wrth yr oergell. "Ti isie cwrw?"

Siglais fy mhen. "Na, dim diolch. Dwi'n iawn."

Agorodd Niklas botel o gwrw a chymryd sip. "Mae'r artistiaid mawr i gyd yn cael ysbrydoliaeth ar ôl bach o alcohol. Cael y jiwsys creadigol i lifo."

Cofiais fy mhrofiad diwethaf i o alcohol. Llifodd sawl peth y noson honno, ond doedd jiws creadigol ddim yn un ohonyn nhw. "Well 'da fi beidio."

"Iawn, dwed ti."

Aethon ni i stafell arall a sylweddolais nad o'n i wedi bod yn bellach na'r gegin o'r blaen. Edrychais o gwmpas i weld oedd rhywbeth yn denu fy llygad, ond doedd dim byd mewn gwirionedd. Cerddais heibio'r bwrdd bwyd a mynd i'r lolfa oedd â llawer o ddodrefn du – soffa ledr, uned y teledu a'r bwrdd, yn ogystal â set o ddroriau o dan y drych mawr. Roedd pob math o geriach yno, pethau fel canhwyllau a lampau a phosteri â'r geiriau 'Teulu' a 'Cariad' arnyn nhw.

Yfodd Niklas lwnc o'i gwrw. "Unrhyw syniad?"

Pwyntiais at y bwrdd. "Hm, falle gosod y camera fan hyn, a rhoi'r lamp tu ôl iddo fe."

Pwyntiodd Niklas at y drych mawr. "Fydd dy adlewyrchiad di yn hwn?"

"Ie, dyna'r syniad." Codais fy ysgwyddau. "Wel, y camera o leia. Bydda i'n camu o'r ffordd. Dwi ddim yn meddwl bydd y camera'n dal rhywun sy'n symud."

"Iawn, Mr Artist."

Aeth Niklas i nôl lamp a'i rhoi ar un pen i'r bwrdd, a gosodais i'r camera ar y pen arall.

Agorodd y drws ffrynt a brysiodd Niklas i guddio'r cwrw tu ôl i bot planhigyn. Efallai nad oedd ei lystad yn hapus ei fod e'n yfed cwrw wedi'r cyfan.

Yna daeth llais dyn yn gweiddi o'r gegin, "Niklas! Dere 'ma!"

"Ydy popeth 'da ti?" gofynnodd Niklas.

Nodiais.

"Niklas. Y gegin!" gwaeddodd y llais yn uwch.

"Bydda i'n ôl nawr," meddai Niklas gan adael y stafell.

Tynnais y tâp du o'r camera a gosod dwy funud ar yr amserydd. Gallwn glywed y sgwrs o'r gegin.

"Oes 'da ti rywbeth i ddweud?" meddai'r dyn mewn llais isel ond cadarn.

"Na," atebodd Niklas.

"Beth am i ti esbonio ble ma'r cwrw?"

"Sai'n gwbod."

"Gerddodd e mas o'r ffrij ar ben ei hunan, do fe?"

Teimlais yn annifyr, yn sefyll yna yn gwrando ar sgwrs do'n i ddim i fod i'w chlywed, ac allwn i ddim gadael, oherwydd byddai hynny'n golygu mynd drwy'r gegin. Triais ganolbwyntio ar dynnu llun. Hoelio fy llygaid ar y ffôn a gweld yr eiliadau'n mynd i lawr.

"Sa i 'di gweld e!" meddai Niklas, a'i lais yntau'n dechrau codi.

"Paid cerdded bant wrtha i!" gwaeddodd y dyn.

Canodd y larwm ar fy ffôn a distawodd y lleisiau yn y gegin, wrth i fi roi tâp i gau'r twll pìn.

"Helô." Llystad Niklas, yn siarad mewn llais tipyn mwy tawel ac addfwyn. Troais i weld Niklas yn sefyll wrth ddrws y gegin wrth ymyl dyn tal, tenau, gyda barf daclus a chrys drud.

"Hai," dwedais wrtho.

"Do'n i ddim yn gwbod bod rhywun yma." Gwenodd y dyn.

"Wel, dim ond fi. Sander." Do'n i ddim yn gwybod beth arall i'w ddweud.

"Neis cwrdd â ti, Sander. Dwi'n ofni bydd rhaid i ti adael nawr. Ma gan Niklas bethau i neud. Gwaith cartre ac yn y blaen."

"Ie, cŵl."

Cydiais yn y camera ac aeth Niklas â fi at y drws. Gwenodd y dyn arna i eto wrth i ni ei basio i fynd at y drws ffrynt.

Gallwn deimlo tensiwn yn yr aer, a doedd dim ots o gwbwl gen i adael yn gynnar. Roedd gen i'r teimlad y byddai'n well gan Niklas adael hefyd.

"Galli di ddod i tŷ ni i neud y gwaith cartre os ti moyn," awgrymais. "A chael swper 'da ni. Hynny yw, os ti moyn."

"Diolch," meddai Niklas. "Ond rywbryd eto, falle."

Pan gyrhaeddais i adre es i i'r garej i glirio'r llanast oedd gen i yno, ac i daflu darnau o bapur diangen. A dyna pryd welais i rywbeth ar y llawr.

Allwedd.

Yr allwedd i'r cwpwrdd gynnau. Ro'n i'n siŵr 'mod i wedi edrych dros y llawr i gyd amdani, ond mae'n rhaid 'mod i heb. Taswn i ddim wedi panicio a rhedeg draw i dŷ Niklas ar gymaint o frys, gallai'r holl fusnes fod wedi cael ei osgoi. Penderfynais ei rhoi yn ôl yn y lle iawn yn syth, rhag ofn i rywbeth fel hyn ddigwydd eto. Dringais yr ysgol a gosod yr allwedd yn ôl yn ei lle.

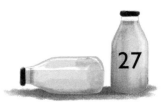

27

Ro'n i'n eistedd yn llyfrgell yr ysgol, yn darllen llyfr o'r enw *Secrets of the Darkroom*. Diwrnod cyntaf paratoi ar gyfer y prosiect oedd hi, ac ro'n i wedi penderfynu gwneud rhywfaint o waith ymchwil. Byddai'n rhaid llunio adroddiad ar y broses wyddonol.

"Hei, ti."

Edrychais i fyny ac eisteddodd Sofia wrth y bwrdd.

"Be?"

"Fi yw dy bartner newydd di yn y prosiect. Heblaw bod y busnes 'sdim angen gwersi arna i rhagor' yn ffordd o ddweud wrtha i am gadw draw."

"Nag oedd, wrth gwrs."

"Grêt."

"Ond ma pawb 'di dewis prosiectau yn barod?"

"Ma 'mhartner i'n sâl. Niwmonia. Hunanol!"

Syllais arni'n syn, yn trio gwneud synnwyr o hyn.

"Jôc, Sander."

Triais roi gwên.

"Ond," aeth ymlaen, "dwi 'di siarad â Johannes a dwedodd e wrtha i am ddewis prosiect arall, achos mae'r un dwi 'di dewis yn ormod i fi neud ar ben fy hunan. A gall Veronica gario mlaen pan ddaw hi'n ôl."

"Pwy?"

"Fy hen bartner."

"Reit."

"Dy brosiect di oedd yr unig un diddorol oedd ar ôl. A dyma fi!"

Nodiais. Wrth gwrs byddai'n credu bod hwn yn brosiect diddorol. Ac roedd e'n un o'r prosiectau allai gael y marc gorau, o'i wneud e'n iawn. Wrth gwrs byddai hi'n dewis hwn.

"Gallwn ni ddechrau'n syth. Lot i neud. Dwi ddim yn gwbod unrhyw beth am gamerâu. Wyt ti?"

"Ychydig bach."

Tynnodd ei ffôn o'i phoced a darllen beth roedd hi'n ei deipio: "Sut i wneud camera twll pìn."

Cydiais yn fy mhensil a dechrau ei gnoi.

"Digon hawdd dod o hyd i'r pethau yma," meddai. "Ti isie mynd i siopa gyda'n gilydd? Neu ti isie i fi fynd a gei di dalu fi'n ôl?"

"Ond, dwi 'di neud y camera yn barod," sibrydais. "Gallwn ni ddefnyddio hwnnw."

"Waw, 'na sydyn! Wel, rho wbod faint oedd popeth a galla i dalu hanner."

Siglais fy mhen. "Sdim angen. Roedd popeth 'da fi'n barod, fwy neu lai."

"Ocê, grêt." Edrychodd ar ei ffôn eto. "Sut y'n ni'n mynd i ddatblygu'r llun?"

"Be?"

"Yn y disgrifiad roedd e'n dweud am gyflwyno llun wedi ei ddatblygu. Oes angen stafell dywyll i neud hynna?"

"Dwi... ym, o'n i heb feddwl am hynna." Allwn i ddim mynd â hi i dŷ Vemund.

Edrychodd arna i fel taswn i'n idiot. "Wel, bydd rhaid neud hynny mor fuan â phosib. Allwn ni ddim gadael popeth tan y funud ola."

Ar ôl ysgol, es i heibio tŷ Vemund. Ro'n i wedi gorffen y ffilm yn y camera Olympus ac yn gobeithio y gallai e fy helpu i ddatblygu'r lluniau.

Canais gloch y drws ac wrth aros iddo ateb, taflais gip dros fy ysgwydd i wneud yn siŵr nad oedd neb o'n i'n ei adnabod gerllaw. Do'n i ddim eisiau i neb wybod 'mod i'n mynd yno oherwydd mae ychydig bach yn od i fachgen pymtheg oed fod yn loetran y tu allan i dŷ hen ddyn. Yn enwedig y dyn sy'n cael ei adnabod fel dyn mwyaf gwallgo'r dref.

Agorodd y drws a lledodd gwên fawr ar draws wyneb Vemund pan welodd e fi.

"Sander! Beth alla i neud i ti?"

Dangosais y camera iddo. "Isie help, os chi'n fodlon."

"Wrth gwrs." Agorodd y drws led y pen i 'ngadael i mewn. "Sdim rhaid i ti ganu'r gloch bob tro, ti'n gwbod. Os ydy'r drws heb ei gloi, dere mewn."

"Ocê, diolch," dwedais. A theimlo rhyddhad na fyddai'n rhaid i fi aros ar stepen y drws eto.

"Dwi'n gallu dy drystio ti," meddai. "Ni'n ffrindiau nawr."

Aethon ni i lawr i'r seler, ac edrychodd Vemund ar y camera.

"Wnest ti droi'r ffilm 'nôl i'r dechrau?"

Nodiais ac agorodd e'r camera a thynnu'r canister allan. Rhoddodd sbectol ar ei drwyn er mwyn cael golwg fanylach.

"35 milimetr?"

"Ie."

Diffoddodd y goleuadau a throi'r golau diogelwch ymlaen. Yna agorodd y canister gyda rhywbeth tebyg i agorwr poteli, a thynnu'r ffilm allan. Rhoddodd y ffilm i fi a dweud, "Dal hwn, plis."

Dechreuodd ymbalfalu yn y droriau a'r bocsys tan iddo ddod o hyd i'r hyn roedd e'n chwilio amdano. Daliai ril maint ei ddwrn. "Dyma ril ffilm." Rhoddodd y ffilm yn y ril ac yna'i roi mewn silindr.

"Dyma'r tanc datblygu," meddai gan lenwi'r silindr â chemegion. "Mae fel stafell dywyll fach mewn fan'na." Rhoddodd gaead ar y silindr, troi'r goleuadau ymlaen a gosod yr amserydd. Trodd y tanc drosodd a throsodd, drosodd a throsodd sawl gwaith. "Mae hyn yn gwneud ansawdd y lluniau'n fwy cyson," esboniodd.

Roedd meddwl am y lluniau mewn tanc o gemegion ychydig yn frawychus, ac mae siawns o ddifetha'r lluniau i gyd os nad wyt ti'n siŵr beth i'w wneud. Ond ro'n i'n trystio Vemund.

Canodd yr amserydd ac arllwysodd Vemund y cemegion datblygu allan ac ychwanegu ataliwr i'r tanc. Trodd hwn drosodd a throsodd eto hefyd.

"Os bydden i isie neud stafell dywyll yn y tŷ," gofynnais iddo, "dim ond i ddatblygu lluniau twll pìn... fydde unrhyw stafell yn iawn?"

"Cyn belled â bod y stafell yn gallu mynd yn hollol dywyll, popeth yn iawn."

"Beth am y cemegion? Ydyn nhw'n hawdd i'w prynu?"

"Ro'n i'n arfer eu prynu nhw mewn siop yn y dre. Ond dwi ddim yn gwbod ydy'r siop dal yno."

Efallai y bydden nhw'n haws i'w prynu ar-lein. Byddai'n

rhaid eu harchebu'n syth i wneud yn siŵr eu bod yn cyrraedd mewn da bryd.

"Ydyn nhw'n ddrud?"

"Sai'n siŵr. Mae'n amser hir ers i fi brynu nhw. Pam?"

"Jyst meddwl."

Canodd yr amserydd eto a'r tro yma gwagiodd Vemund yr ataliwr, ac ychwanegu'r fficser. Trodd y tanc wyneb i waered ac yn ôl eto, a'i adael.

"Mae croeso i ti ddod fan hyn unrhyw bryd, ti'n gwbod hynny."

"Diolch, dwi'n gwbod."

Gwgodd. "Oes rhywbeth yn bod?"

Siglais fy mhen. "Na, popeth yn iawn."

"Siŵr?"

"Ydw." Pwyntiais at bentwr o luniau. "Chi dynnodd rhain?"

"Amser maith yn ôl."

Dechreuais edrych drwyddyn nhw. Rhai o ganol y dref oedden nhw, ac mae'n rhaid eu bod nhw'n hen oherwydd roedd y rhan fwyaf o'r siopau wedi newid erbyn hyn. Roedd y golau a'r cyfansoddiad ym mhob llun yn berffaith.

Dyma'r amserydd yn canu eto, a gwagiodd Vemund y tanc. Yna llenwodd y cynhwysydd â dŵr oer o jwg oedd ar y bwrdd. Roedd thermomedr ynddo a gwiriodd dymheredd y dŵr cyn llenwi'r cynhwysydd. Trodd y tanc wyneb i waered sawl gwaith, ei wagio, ei ail-lenwi, ei wagio a'i ail-lenwi eto. Yna, tynnodd y ffilm oddi ar y ril a helpais i i'w dadrolio cyn i ni ei hongian ar y lein ddillad i gael gwared o'r diferion dŵr.

"Bydd rhaid gadael y ffilm i sychu am ychydig oriau cyn ei thorri," dwedodd Vemund. "Ti isie paned o goffi?"

Ro'n i eisiau derbyn y cynnig oherwydd ro'n i'n hoffi'r

ffaith ei fod e'n credu 'mod i'n yfed coffi, ond dwi ddim. Ond allwn i ddim aros yno am oriau heb i 'nheulu boeni ble ro'n i.

"Rhaid i fi fynd," dwedais. "Alwa i rywbryd eto."

"Unrhyw bryd. Tro nesa, gallwn ni droi'r negatifs yn lluniau."

"Grêt," dwedais. "Diolch."

Wrth i fi gyrraedd adre, daeth Frank i 'nghroesawu i wrth y drws fel arfer. Fe wnaeth Jakob hefyd fy nghroesawu i mewn ffordd, drwy daro 'mhen i'n galed ar ei ffordd allan. Mae hyn yn mynd i swnio'n od, ond pan mae e'n gwneud pethau fel'na, dwi'n teimlo'i fod e'n fy nghydnabod i fel brawd. Mae'n ddigon parod i gwffio gyda Adrian, ond mae'n taro'r ddau ohonon ni ar ein pennau.

Y noson honno, fe wnes i roi brechiad i fy hun cyn mynd i'r gwely fel arfer. Do'n i ddim yn cofio pryd wnes i dyfu ddiwethaf. Mis a hanner yn ôl? Mwy? Do'n i ddim yn siŵr. Taflais y nodwydd i'r bocs priodol a mynd i fyny i fy stafell.

Es i nôl y tâp mesur o'r drôr, sefyll wrth ffrâm y drws a gwneud marc pensil uwch top fy mhen. Roedd e yn union yr un lle â'r marc cynt.

Yn ôl y calendr ar fy ffôn, roedd gen i apwyntiad ysbyty mewn llai na mis. Wnawn nhw byth adnewyddu'r presgripsiwn hormon tyfu os nad ydw i'n dechrau tyfu yn fuan. Roedd rhaid i fi wneud rhywbeth.

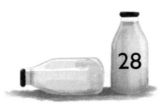

28

Roedd Sofia a fi'n eistedd wrth fwrdd y gegin yn gwneud mwy o waith ymchwil. Ro'n i'n trio canolbwyntio ar ddod o hyd i ateb am y busnes datblygu, ond roedd hi'n anodd. Ro'n i'n Gwglo pethau fel *Triniaeth hormon tyfu ddim yn gweithio*, oedd yn fy arwain i at bob math o erthyglau dibwys, fel 'Twelve Ways to Increase Human Growth Hormone Levels Naturally'. Roedd gan bob erthygl yr un math o gyngor. *Bwyta llai o siwgr. Peidiwch bwyta cyn mynd i'r gwely.*

Ond doedd y rhain ddim yn berthnasol i fi ers blynyddoedd. Roedd angen gwyrth arna i.

Agorais dudalen arall i drio darganfod a oedd hi'n bosib prynu'r cemegion datblygu lluniau ar-lein. Roedd nifer o siopau ar-lein yn eu gwerthu yn rhyngwladol, ond byddai'n rhaid talu am y cludo a bydden nhw'n cymryd amser hir i gyrraedd. Ffeindiais siop leol ond drud. Roedd pob potel yn costio dros 200 *kroner*. Doedd gen i ddim yn agos at y math yna o arian. Ac roedd angen cynwysyddion, tongs a bwlb golau coch.

Edrychais ar Sofia. Pam oedd rhaid iddi hi fusnesa yn hyn? Oni bai amdani hi, gallwn i fod wedi datblygu'r llun yn nhŷ Vemund, fel ro'n i wedi bwriadu.

"Falle gallwn ni neud y prosiect heb ddatblygu'r llun?" dwedais. "Gallwn ni ddal i ddogfennu'r broses."

Edrychodd i fyny o'i ffôn. "Dwi'n meeeddwl 'mod i 'di datrys y broblem."

"Wyt ti?"

"Dwi 'di ffeindio'r safle 'ma sy'n dangos sut i greu sylwedd datblygu gydag eitemau digon cyffredin sydd yn y tŷ."

"Sut?"

"Y cwbwl sydd angen yw dŵr, sudd lemwn, tabledi fitamin C, coffi a soda pobi."

Gwgais wrth iddi basio'r ffôn ata i i fi gael gweld. Roedd y dudalen yn dangos cyfarwyddiadau ar sut i wneud sylwedd datblygu ac ataliwr gyda'r cynhwysion roedd Sofia wedi eu rhestru.

"Beth am y fficser?"

"Beth yw hwnnw?"

"Y fficser sy'n cysoni'r ddelwedd. Clymu popeth gyda'i gilydd."

"Wel, yn ôl hwn, sai'n credu bod angen e."

"Ond dim ond creu negatif fyddai hyn. Mae 'na broses wahanol arall i'w droi'n ddelwedd bositif."

"Ydy e'n anodd?"

"Dwi'n meddwl bydd angen chwyddwr."

"Ocê, dere weld... Falle bod 'na ffordd arall o'i chwmpas hi." Trodd yn ôl at ei ffôn ac es i'n ôl at fy laptop. Teipiais 'Human Growth Hormone Alternative Methods' yn y bocs chwilio a ffeindio erthygl gyda'r teitl 'A Safer, Cheaper Way to Increase Human Growth Hormone Levels':

These days we have numerous growth hormone peptides and growth hormone-releasing hormones that can boost your growth hormone levels.

The combination of peptides and growth hormone releasers can increase your growth hormone production.

Darllenais drwy'r erthygl gyfan. Doedd y doctoriaid ddim wedi sôn am unrhyw ddulliau eraill wrtha i, ond efallai fod hynny oherwydd bod y dulliau roedden nhw wedi eu rhoi tan nawr wedi gweithio'n iawn. Oedd hyn yn ateb i'r cyfan? Rhaid i fi gael apwyntiad doctor. Yn fuan.

"Llun beth dynnwn ni?" gofynnodd Sofia.

"Sai'n gwbod. Gallwn ni drio gwahanol bethau."

"Beth am lun bwyd?"

"Be?" Oedd hi o ddifri?

"Neu rywbeth arall sy'n trendio ar Instagram, fel ffitrwydd. Gallen ni roi naws ddoniol iddo fe, fel 'Dyma sut i gofnodi rhaglen ffitrwydd heb gamera digidol' math o beth."

Edrychais arni hi. Ro'n i'n casáu'r syniad. "Sai isie tynnu lluniau sy'n trendio ar Instagram."

"Ocê, beth yw dy syniad di 'te?"

"Sai'n gwbod. Mae angen golau, felly byddai'n well tynnu llun tu allan."

"Fel machlud."

"Sdim lot o olau adeg machlud."

"Iawn, *whatevs*. Dim ond bod e'n dal sylw. Dim jyst llun o goeden, neu fainc, ti'n gwbod."

Edrychais i fyny. Mainc? Fel yr un ar fy nghyfri Instagram i?

"Y pwynt yw dangos bod hi'n bosib tynnu llun da gyda bocs a bach o dâp du," dwedais yn dawel. "Dim rhywbeth i roi hashnod arno."

Roedd hi'n brysur ar y ffôn eto, ac aeth y ddau ohonon ni'n dawel.

"Hei, dwi 'di ffeindio rhywbeth," meddai ar ôl tipyn. "Ti'n gallu datrys y peth negatif-i-bositif yn ddigidol."

"Yn ddigidol?"

"Ie, ond sai'n deall popeth. Anfona i'r linc nawr."

Edrychais ar y linc a darllen y gwahanol gamau.

"Rhywbeth fel sganio negatif y llun twll pìn a wedyn ei uwchlwytho i feddalwedd golygu lluniau i gael y lliwiau?"

Nodiais. "Mae'n edrych yn weddol hawdd. Gallen ni drio fe."

"Grêt. Bydd e'n arbed lot o amser. A gallen ni gofnodi sut mae cymysgu hen ddulliau gyda thechnoleg fodern."

"Ie." I fi, roedd gwneud popeth yn yr hen ffordd yn fwy o hwyl, ac yn cadw pethau'n fwy *authentic*, ond doedd dim ots gen i ar y funud. Roedd y prosiect yn llithro o 'nwylo i. Roedd Sofia wedi cymryd drosodd a do'n i ddim eisiau treulio mwy o amser nag oedd raid ar y prosiect rhagor.

"Wedest ti bod camera 'da ti yn barod?"

"Ma fe yn y garej. 'Nes i fe cyn gwbod bod ti'n bartner i fi. Dim ond y cynhwysion ar gyfer y sylwedd datblygu, a'r golau coch, a ma popeth yn barod."

"Gwych." Dechreuodd hi roi ei phethau yn ei bag. "Rhaid i fi fynd, ond 'nawn ni gwrdd eto mewn rhai diwrnodau?"

"Iawn."

"Grêt. Galla i nôl y stwff i gyd ar fy ffordd draw." Rhoddodd ei bag ar ei chefn a chwifio'i llaw yn gyflym wrth adael.

Es i'n ôl ar y laptop. Oedd hi'n bosib gwneud apwyntiad gyda doctor heb i Mam wybod? Well gen i ei chadw hi mas o hyn os yw'n bosib. Dwi'n gwybod y byddai hi'n dweud wrtha i am aros tan i fi weld y doctor adeg fy archwiliad nesa. Byddai'n dweud bod stopio tyfu ddim yn ddiwedd y byd. Mai'r peth pwysicaf yw bod yn iach ac yn hapus. Ond sut gallwn i fod yn hapus heb dyfu?

Yn ôl Google, mae cyfraith Norwy yn dweud bod rhai rhwng deuddeg ac un ar bymtheg oed yn gallu gwneud apwyntiad doctor heb ganiatâd rhiant. Roedd gan rieni'r hawl i weld cofnod meddygol eu plant tan eu bod yn un ar bymtheg, ond ar ôl deuddeg oed gallai'r cofnod fod yn gyfrinachol os ydy'r claf yn gofyn am hynny, oni bai ei fod yn ymwneud â rhywbeth difrifol fel llawdriniaeth neu ganser.

Byddai newid yn fy nghynllun triniaeth yn rhywbeth byddai'n rhaid i Mam gytuno ag e. Ond gallen i siarad â doctor ar ben fy hun a thrafod triniaeth arall. Tasai'r doctor yn dweud bod hynny'n gweithio byddai Mam yn siŵr o gytuno.

29

Y diwrnod wedyn, roedd yr oriau'n llusgo'n ofnadwy. Ro'n i wedi gwneud apwyntiad am dri o'r gloch ac ro'n i wedi cyffroi'n lân wrth feddwl am gyrraedd yna. Roedd hi'n amlwg fod y driniaeth oedd gen i ddim yn gweithio ac mae'n bosib mai hyn oedd yr ateb. Neu efallai gallai gynnig rhywbeth gwahanol.

Yn syth ar ôl ysgol, es i draw i'r ganolfan iechyd. Dwedais wrth y lleill am fynd adre hebdda i oherwydd do'n i ddim eto wedi trwsio'r teiar fflat. Do'n i ddim wedi bod yn gweld y doctor lleol ers amser hir, oherwydd mynd i'r ysbyty ro'n i bob tro ers blynyddoedd. Roedd y stafell aros yn llawn planhigion. Roedden nhw mor wyrdd fel bod wynebau pob un o'r cleifion yn welw. Ro'n i eisiau tynnu llun ond yn ofni byddai rhywun yn gweld.

Doedd dim rhaid aros yn hir cyn iddyn nhw alw fy enw i. Wrth i fi gerdded i mewn i stafell y doctor, dwedodd Dr Greger wrtha i am eistedd. Doedd y doctor arferol ddim yna ac roedd Dr Greger wedi cymryd ei le am y tro. Do'n i ddim wir yn gyfarwydd â'r doctor arall, felly doedd dim ots. Eisteddodd e yn ei gadair a gwisgo'r sbectol oedd ar linyn o gwmpas ei wddf. Yna dechreuodd deipio.

"Gad i fi edrych ar dy ffeil," meddai. Edrychodd arna i wedyn dros ei sbectol. "SRS?"

Nodiais.

"Cyflwr prin iawn."

Wow, mae hwn yn gwybod ei stwff! Ddwedais i ddim byd, dim ond nodio eto.

Tynnodd ei sbectol a phwyso'n ôl yn ei gadair. "Iawn," meddai, "beth alla i neud i ti heddi?"

"Wel, dyw'r driniaeth hormon tyfu sydd gen i ar hyn o bryd ddim yn gweithio. Dwi ddim 'di tyfu yn ddiweddar. Ddim ers sbel a dweud y gwir."

"Mm-hmmm." Culhaodd ei lygaid ac aros i fi barhau.

"O'n i'n meddwl tybed oes triniaeth arall ar gael i fi?"

Edrychodd ar sgrin ei gyfrifiadur. "Pymtheg wyt ti?"

Nodiais.

"Wel, mae plant yn dechrau ar hormonau tyfu ar wahanol oedrannau am sawl rheswm ac yn aros arnyn nhw tan iddyn nhw aeddfedu. Ar ôl aeddfedu fydd yr hormonau ddim yn cael unrhyw effaith."

Ro'n i wir eisiau i'r hen ddyn stopio dweud 'aeddfedu'.

"Dwi'n gwbod, ond dwi 'di ffeindio hwn," dwedais, gan agor fy ffôn a dangos yr erthygl iddo. "Falle bod 'na ffordd arall."

Estynnais y ffôn iddo a dechreuodd ddarllen, gyda golwg ddigon surbwch ar ei wyneb. Roedd e'n sgrolio'n rhy gyflym i ddarllen yr erthygl yn iawn.

Rhoddodd y ffôn yn ôl i fi a phwyso ymlaen yn ei gadair. "Oes gen ti archwiliad yn yr ysbyty cyn bo hir?"

"Oes, ym mis Rhagfyr."

"Wel, dwi'n awgrymu i ti aros tan hynny. Fe wnân nhw brawf gwaed fydd yn dangos ydy'r hormonau tyfu'n dal i gael effaith."

"Ond dwi'n gwbod yn barod nad ydyn nhw'n cael unrhyw effaith rhagor. Bydd hi'n rhy hwyr erbyn hynny!"

Rhoddodd wên fach dila. "Hyd yn oed taswn i'n gallu awgrymu triniaeth arall, alla i ddim newid dy gynllun meddygol di. Bydd rhaid i ti drafod gyda'r arbenigwr."

Gwasgais fy nyrnau yn dynn. Gallwn deimlo dagrau yn pigo fy llygaid. Roedd hi'n amlwg fod dim diddordeb gan hwn. Doedd e ddim hyd yn oed wedi edrych ar yr erthygl yn iawn.

"Fyddan nhw ddim yn adnewyddu'r presgripsiwn," llyncais. "Ddim os nad yw e'n gweithio."

Nodiodd y doctor. "Mae hynny siŵr o fod yn wir. Ti byth yn gwbod, falle dyfi di ambell gentimetr arall."

"Neu ddim," dwedais dan fy anadl.

"Ond wnei di ddim cael unrhyw atebion ar y we, dwi'n ofni. Mae llwythi o wefannau yn cynnig pob math o driniaethau, ond dydyn nhw ddim wedi cael eu profi. Pobl yn trio cael arian sydd y tu ôl i nifer o'r gwefannau yma."

Ddwedais i ddim byd. Dim ond agor a chau fy nyrnau'n dynn.

Cododd Dr Greger ei ysgwyddau. "Rhaid i ti roi dy ffydd yn yr arbenigwyr. Nhw sy'n gwybod beth sydd orau i ti."

Ar ôl cyrraedd adre es i'n syth i fy stafell, gan anwybyddu croeso brwdfrydig Frank. Ffeindiais bensil a mynd i sefyll wrth y drws. Ar ôl gwneud marc ar ffrâm y drws, troais i edrych. 153 centimetr. Eto. Dim newid.

Fydda i byth yn tyfu'n dalach na 153 centimetr.

Taflais y pensil ar draws y stafell, ond do'n i'n teimlo ddim gwell. Rhaid taflu rhywbeth trymach. Cydiais yn y ciwb Rubik a thaflu hwnnw. Trawodd y wal cyn cwympo a tharo fy lamp desg.

Rhedais i lawr y grisiau i'r seler lle roedd fy nau frawd yn ymladd. Roedd Jakob yn eistedd ar frest Adrian, ac yn trio cael y rimôt o'i ddwylo.

"Fi oedd yma gynta!" gwaeddodd Adrian.

"Ble? Ar y ddaear? Sai'n credu," meddai Jakob.

"Cer off!"

"Rho'r rimôt i fi a 'na i ddim brifo ti!"

"Iawn, cer ag e!"

Estynnodd Jakob ei law allan, ond yn lle rhoi'r rimôt yn ei law tarodd Adrian ei dalcen ag e.

Cododd Jakob ei law at ei dalcen. "Reit, ti'n marw!"

A dyna pryd wnes i neidio ar gefn Jakob.

Gwnaeth Jakob ryw sŵn fel "Be ddiawl?" dan fy mraich, oedd yn dynn o gwmpas ei wddf. Rhoddodd ei ddwy law ar fy mraich i drio gwneud i fi ollwng gafael, a chymerodd Adrian y cyfle i sefyll ar ei draed. Gafaelodd Jakob mor dynn yn fy mraich fel ei bod hi'n amhosib i fi adael fynd.

Cododd Adrian y rimôt a tharo Jakob eto ar ei ben, ac fe wnaeth hynny iddo ollwng fy mraich, a rhedodd y ddau ohonon ni i fyny'r grisiau.

"Chi'ch dau yn marw!" gwaeddodd Jakob ar ein holau.

Rhedon ni i fyny i fy stafell i, a chloi'r drws rhag ofn iddo ein dilyn ni.

Ar ôl cael ein hanadl yn ôl, dyma ni'n dau yn edrych ar ein gilydd a dechrau chwerthin. Eisteddon ni ar y gwely a dechrau gwylio pennod o *Rick and Morty* ar y laptop. Ychydig funudau wedyn daeth sŵn crafu ar y drws. Frank, mae'n siŵr. Codais er mwyn ei adael i mewn.

"Paid agor y drws," meddai Adrian. "Jakob sydd yna, yn esgus bod yn gi."

"Dyw e ddim mor glyfar â hynna." Chwarddais. Agorais

y drws, a rhedodd Frank i mewn gan siglo'i gynffon. Codais i'r ci a rhoi cwtsh mawr iddo. Ro'n i'n teimlo mor wael am ei anwybyddu'n gynharach, penderfynais adael iddo gysgu yn fy stafell y noson honno.

"Dylen ni ymladd gyda'n gilydd yn erbyn Jakob yn fwy aml," meddai Adrian. "Naethon ni guro fe'n rhacs!"

Codais fy ysgwyddau. "Ond fe yw'r un sy'n gwylio'r teledu yn y seler eto."

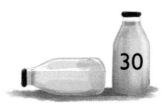

Llwyddais i argyhoeddi Sofia bod rhaid i'n llun ni fod mor syml â phosib. Esboniais fod thema syml wedi ei gweithio'n dda yn well na syniad cymhleth wedi ei wneud yn weddol. Ac o'i roi fel'na fe gytunodd hi.

"Ti'n iawn, ma lluniau o fyd natur yn boblogaidd hefyd ar Instagram," meddai.

"Diolch byth!" dwedais.

Chwarddodd hi. "Ac o ran arddangos y llun gallwn ni roi #dimffilter odano."

"Iawn," dwedais. Ro'n i'n dal i gasáu'r syniad o roi twist Instagram ar yr holl brosiect, ond do'n i ddim eisiau dadlau.

Y stafell storio yn y seler fyddai'n cael ei throi'n stafell dywyll dros dro. Doedd dim ffenest yno, felly pan oedd y golau wedi'i ddiffodd roedd y lle'n hollol dywyll. Roedden ni wedi cario cynhwysion y sylwedd datblygu, a'r holl offer mesur, ffilters coffi, dau hambwrdd ac ambell bâr o dongs o'r gegin. Roedd fy lamp ddesg wedi ei gosod yno hefyd, a bwlb golau coch ynddi.

Aethon ni ati i wneud y sylweddau yn gyntaf, gan fod rhaid iddyn nhw setlo rhywfaint cyn eu defnyddio. Tynnodd Sofia ei ffôn allan er mwyn tsiecio'r cyfarwyddiadau eto.

Dechreuodd gymysgu'r cynhwysion ar gyfer y sylwedd datblygu ac yna arllwys y gymysgedd i'r hambwrdd cyntaf, ac fe wnes i'r sylwedd atal ac arllwys hwnnw i'r ail hambwrdd.

"Rhaid i ni gofio defnyddio'r golau bach coch bob tro ni'n llwytho a dadlwytho'r ffilm," esboniais. Diffoddais y prif olau a throi golau'r lamp ymlaen, gan adael goleuni coch gwan yn y stafell.

Pan agorais y camera, dwedodd Sofia, "Ma papur yn hwn yn barod."

Ro'n i wedi anghofio popeth am y llun dynnais i yn nhŷ Niklas. "O, ma 'na rywbeth ar hwn," dwedais. Tynnais y papur allan a'i roi yn un o'r bocsys sgidiau gwag oedd ar y silff. Gallai hwnnw ddal y negatifs cyn i ni eu datblygu. Ar ôl rhoi darn newydd o bapur ffoto, cododd Sofia y bocs.

"Reit, ble awn ni? Biti na fyddai rhywun yn gallu mynd â ni i'r traeth yn y car."

"Mae'n well aros yn agos i'r tŷ. Rhaid ail-lwytho'r camera yn y stafell dywyll rhwng pob llun."

"O, ie, 'nes i ddim meddwl am hynna."

"A rhaid tynnu sawl un i neud yn siŵr bod o leia un da gyda ni."

"Ble awn ni 'te?"

"I'r iard."

"A llun o beth gawn ni? Yyyy... coeden?"

"Ie," dwedais. "Neu fainc!"

Penderfynon ni dynnu llun o'r fedwen. Dyma ni'n cario'r bwrdd i lawr o'r teras a'i roi yn yr ardd er mwyn gosod y camera arno. Gosodais bopeth yn ei le, gosod yr amserydd ar fy ffôn ar dair munud a thynnu'r tâp. Ac aros.

"Beth am i ni drio amseroedd *exposure* gwahanol?" awgrymais.

Nodiodd Sofia. "Iawn, jyst nodi'r amseroedd gwahanol i bob llun. I roi yn yr adroddiad."

"Syniad da," dwedais, ac am y tro cyntaf, ro'n i'n falch fod Sofia yn bartner i fi yn y prosiect. Roedd hi'n meddwl am bopeth.

Canodd y larwm a rhoddais y tâp dros y twll pìn. "Awn ni'n ôl nawr i'r stafell dywyll a llwytho llun arall," dwedais. Fe wnaethon ni'r broses bedair gwaith, oedd braidd yn ddiflas erbyn y diwedd. Weithiau, y canlyniad sy'n gwneud prosiect yn gyffrous.

Pan ddaethon ni'n ôl i'r seler am y pedwerydd tro roedd y bois yn gorweddian ar y soffa yn chwarae gemau fideo. Rhoddodd Sofia ei braich ar ysgwydd Niklas a'i wasgu'n ysgafn. "Haia," meddai.

"Haia!" A rhoddodd wên gyflym iddi cyn mynd yn ôl at ei gêm.

"Be chi 'di bod yn neud?" gofynnodd Adrian.

"Tynnu lluniau o goeden yn yr iard," meddai Sofia. "A nawr ni'n mynd i ddatblygu'r lluniau."

Stopiodd Filip y gêm. "Os byddwn ni'n gorfod neud ffair wyddoniaeth blwyddyn nesa, dwi'n mynd i greu bwledi, fel y rhai yn *Teen Wolf*. A sgythru'n enw i arnyn nhw."

"Rhaid neud arbrawf sy'n gweithio," dwedais. "A rhaid i ti brofi bod beth ti'n neud yn gweithio."

"Galla i osod targed yn y gampfa. A defnyddio dryll dy dad fel arf."

"O ie, dwi'n siŵr bydden nhw'n fodlon i ti neud hynna!" chwarddodd Adrian.

"A hyd yn oed wedyn, fedri di byth neud bwledi sy'n gweithio," meddai Niklas.

"Biti fod allwedd y cwpwrdd gynnau wedi mynd ar goll,"

meddai Filip gan godi ei ysgwyddau. "Gawn ni byth wbod nawr."

"O, dwi 'di ffeindio'r allwedd," dwedais. "Doedd dim bai ar neb." Ddim dyna'r diffyg yng nghynllun Filip.

"Iawn," meddai Sofia, gan edrych arna i. "Awn ni i orffen hwn?"

Nodiais, ac i ffwrdd â ni i'r stafell storio. Diffoddais y golau a throi'r bwlb coch ymlaen, ac eisteddodd y ddau ohonon ni ar y llawr.

Cydiodd Sofia yn un o'r papurau ffoto. "Jyst rhoi e mewn?"

Nodiais, a dyma hi'n ei roi'n dyner yn y sylwedd.

A'r unig beth i'w wneud wedyn oedd aros. Eisteddon ni mewn tawelwch llwyr ac yn sydyn sylweddolais pa mor rhyfedd oedd y sefyllfa yma. Eistedd ar lawr stafell maint cwpwrdd gyda merch. Yn y tywyllwch. Dim ond fi a merch. A'i chariad yn y stafell nesa.

Defnyddiodd Sofia y tongs i droi'r papur drosodd. Oedd hi'n meddwl bod y sefyllfa'n rhyfedd? Doedd hi ddim yn ymddangos fel tasai hi. Roedd hi'n cŵl ac wedi ymlacio.

"Symud hwn i'r hambwrdd nesa nawr?"

Roedd manylion y llun yn dal i fod yn aneglur.

"Na, ddim eto," dwedais, ac am ryw reswm roedd fy llais yn gryg. Cliriais fy ngwddf a dweud, "Aros ychydig bach eto."

Roedd Sofia'n edrych yn fanwl ar beth oedd yn digwydd i'r llun. "Waw," meddai. "Drycha ar y goeden. Mae hyn mor cŵl!"

"Ydy," gwenais. "Galli di symud e nawr."

Cydiodd yn y papur gyda'r tongs eto a'i ollwng yn yr ail hambwrdd.

"Well i ti ddefnyddio'r tongs eraill," dwedais. "Fel bod y cemegion ddim yn cymysgu." Rhoddodd y tongs cyntaf yn yr hambwrdd cyntaf a chodi'r ail bâr.

Ro'n i wrth fy modd yn dysgu pethau i Sofia, fel roedd Vemund wedi fy nysgu i. Ac er bod yr holl sefyllfa yma'n rhyfedd, roedd hi'n sefyllfa braf hefyd.

Ar ôl ychydig funudau, cododd Sofia y papur o'r bath atal a gadael i'r sylwedd ddiferu ohono i'r hambwrdd.

"Beth nawr?"

"O, crap!" Ro'n i wedi anghofio'n llwyr am sychu'r papur. Gan nad oedden ni wedi defnyddio fficser, doedd dim angen ei rinsio, felly fyddai ddim yn hir cyn sychu. Tynnais yr hambyrddau ar wahân a gosod y negatif ar ymyl pob hambwrdd gan adael i'r sylwedd ddiferu i'r llawr rhyngddyn nhw. Gallwn i weld yn barod nad oedd y llun mor siarp â tasen ni wedi defnyddio cemegion go iawn.

"Perffaith!" meddai Sofia. "Beth yw'r cam nesa? Sganio'r negatifs i'r cyfrifiadur a defnyddio'r rhaglen i'w troi nhw'n lluniau positif?"

"Ie. Cam syml. Y cyfrifiadur sy'n neud y gwaith i gyd!"

Cododd Sofia ei haeliau. "Swnio fel hud MacGyver i fi."

"MacGyver?"

Nodiodd. "A dim y fersiwn smalio sydd ar y teledu nawr. Yr un gwreiddiol wyt ti."

Doedd gen i ddim syniad am beth roedd hi'n sôn. "Pwy yw MacGyver?"

"O mam bach!" Siglodd ei phen gan chwerthin. "Ma dy wybodaeth di am *pop culture* yn warthus!"

"Pwy yw e? Ti'n mynd i ddweud wrtha i?"

"Na. Gwgla fe." Cydiodd Sofia yn y darn nesa o bapur oedd ar y llawr. "Ti isie neud hwn?"

Codais fy ysgwyddau. "Caria di mlaen, os ti moyn."

Ar ôl gorffen, dwedodd Sofia, "Wel, dyna ni!" a chodi oddi ar y llawr.

"Iep." A chodais i hefyd a throi'r prif olau ymlaen.

"Felly, ti'n mynd i drosi'r negatifs a'u printio nhw?"

Nodiais. "Troi'r negatifs yn bositifs."

Chwarddodd. "Dylet ti greu poster â hynna arno fe."

Cerddon ni'n ôl i stafell arall y seler.

"Dwi'n mynd nawr," meddai Sofia wrth Niklas. "Ti'n dod?"

Nodiodd a chodi o'i gadair. "Mae gen i ffydd ynddot ti, MacGyver," meddai Sofia wrth gerdded i fyny'r grisiau gyda Niklas. "Gofala am y lluniau."

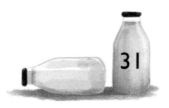

31

Yn ôl pob tebyg, roedd MacGyver yn gymeriad o raglen deledu o'r 1990au oedd yn gallu trwsio popeth gyda darn o dâp a chyllell boced. Roedd cyfres newydd am yr un cymeriad, ond yn ôl y ffans doedd e ddim patsh ar y cymeriad gwreiddiol.

Gwenais. Yr un gwreiddiol o'n i, yn ôl Sofia.

Caeais y porwr a dechrau sganio'r holl negatifs roedd Sofia a fi wedi eu tynnu. Roedden nhw'n ofnadwy. Wel, efallai bod hynny ddim cweit yn wir. Roedd rhai o'r delweddau'n iawn – ond y broses ddatblygu oedd ddim wedi gweithio. Roedd rhan fach ohona i'n gobeithio y bydden nhw'n edrych yn well ar ôl trosi'r lliwiau.

Ond na.

Rhaid ffeindio ffordd i'w trwsio. Fi oedd MacGyver wedi'r cyfan.

Y diwrnod wedyn, es â'r camera allan i'r iard a thrio tynnu'r un lluniau o'r goeden a wnaethon ni yn gynharach. Roedd y golau'n well, oedd yn argoeli'n dda. Wedyn rhoddais y negatifs i gyd yn y bocs sgidiau mewn tywyllwch llwyr.

Amser cinio sylwais fod gan Jakob lwmp ar ei dalcen lle roedd Adrian wedi ei daro â'r rimôt. Ac am ryw reswm roedd hynny'n ddoniol. Roedd e'n edrych yn wirion. Fel cymeriad mewn cartŵn.

Doedd e ddim wedi dial eto, felly mae'n rhaid ei fod e wedi anghofio. Roedd ganddo fe dymer wyllt, ond doedd e ddim yn para'n hir. Roedd Dad fel'na hefyd. Wel, dyna beth mae Mam yn dweud. Pan fyddai Jakob yn chwythu ffiws, byddai Mam yn ochneidio ac yn dweud, "O, ti'n gwmws fel dy dad."

Ond dwi ddim yn cofio Dad yn mynd yn grac. Dim ond yn ei gofio fel y tad gorau a'r mwyaf caredig yn y byd. Dyn fyddai'n fy nghodi'n uchel yn ei freichiau mawr fel taswn i'n pwyso dim byd. (Oedd bron yn wir.) Dyn fyddai'n dweud mai fi oedd y bachgen mwyaf tyff erioed, oedd bendant ddim yn wir, ac a fyddai'n gwrando arna i'n rwdlan am gymeriadau *Avatar* am oesoedd, er nad oedd ganddo unrhyw ddiddordeb ynddyn nhw.

Weithiau, bydda i'n anghofio sut olwg oedd ar Dad. Wrth gwrs, roedd rhyw lun cyffredinol yn fy mhen – gwallt tywyll, ysgwyddau llydan, gên gadarn – ond weithiau byddai rhai rhannau o'i wyneb, fel o gwmpas ei lygaid neu'i drwyn, yn aneglur. Ond ar ôl edrych ar lun ohono fe, byddwn i'n ei gofio'n iawn wedyn am sbel.

Mae Mam hefyd yn dweud wrth Adrian bob hyn a hyn ei fod e fel Dad. Mae gan Adrian ryw wên ddireidus pan mae e eisiau rhywbeth neu pan mae'n gwybod ei fod e mewn trwbwl. Roedd Dad yn gwenu'r un fath, mae'n debyg, ac allai Mam byth fod yn grac ag e am sbel. Gallai Adrian gael maddeuant am unrhyw beth gyda'r wên yna.

Byddwn i wrth fy modd tasai un o rinweddau Dad yn perthyn i fi, hyd yn oed rhyw arfer gwael neu dymer wyllt. Ond dyw Mam erioed wedi dweud wrtha i, "O, ti'n gwmws fel dy dad."

"Ti isie darn olaf y cyw iâr 'ma?" gofynnodd Mam i Jakob, gan wthio'r plât yn agosach ato. Siglodd ei ben. "Na, dim diolch. Falle bod Sander isie fe."

Edrychodd Adrian a fi ar ein gilydd, oherwydd pam oedd e wedi fy enwi i a ddim Adrian? Ro'n i'n teimlo'n llawn ond fe gymerais i'r darn cyw iâr beth bynnag. Mae protein yn eich gwneud chi'n gryf. Yn ôl pob sôn.

32

Y diwrnod wedyn es i â'r bocs sgidiau llawn o negatifs y camera twll pìn draw i dŷ Vemund er mwyn eu datblygu mewn da bryd i'r ffair wyddoniaeth. Cerddais i mewn i'r tŷ heb ganu'r gloch a'i weld yn eistedd yn ei gadair freichiau yn gwrando ar y radio. Ac fel arfer, roedd e'n falch o 'ngweld i.

"Sander!" meddai, a neidio i ddiffodd y radio. "Dwi'n teimlo 'mod i heb weld ti ers sbel fach. O'n i'n dechrau meddwl bod ti 'di anghofio am y negatifs yn y stafell dywyll."

"Na, byth!" dwedais. "Dwi'n gwbod eu bod nhw'n saff fan hyn."

"Ti'n barod i barhau â'r broses?"

"Ydw." A dangosais y bocs sgidiau iddo. "Ond dwi angen datblygu'r rhain gynta, a bydden i'n falch o'ch help chi."

Yn y seler, roedd y rholyn negatifs o'r camera Olympus yn dal i hongian ar y lein ddillad, ond tynnodd Vemund hwnnw i lawr er mwyn gwneud lle i'r delweddau newydd. Gosodais dri hambwrdd yn barod a'u llenwi â'r cemegion gwahanol. Diffoddodd Vemund y goleuadau, a throis i'r golau bach ymlaen.

Agorais y bocs sgidiau a chymerodd Vemund bip y tu fewn iddo.

"Ti 'di bod yn cadw'r rhain yn y tywyllwch?" gofynnodd.

Nodiais. "Dwi 'di defnyddio'r golau bach bob tro dwi 'di llwytho a dadlwytho'r camera."

"Yn gwmws fel *pro*."

"Wel, mae'r athro gorau erioed 'da fi!" Gwenais arno.

Gollyngais un o'r negatifs i'r hambwrdd cyntaf. Ar ôl ychydig eiliadau roedd ymylon y llun yn dechrau tywyllu a'r ddelwedd yn dod yn gliriach. Pan oedd e'n barod, tynnais y papur o'r sylwedd a'i roi i hongian ar y lein, ac roedd llun y fedwen yn yr iard i'w weld yn glir.

"Mae'n edrych yn dda," dwedodd Vemund.

"Diolch."

Fe wnaethon ni barhau'r broses gyda gweddill y negatifs. Dim ond un oedd angen ar gyfer yr arddangosfa ac ro'n i eisiau dewis y gorau. Roedd pob llun yn debyg, er bod amser yr *exposure* wedi bod ychydig yn wahanol.

"Roedd Dad hefyd yn hoffi ffotograffiaeth," dwedais.

"Oedd e?"

Nodiais. "Na'th e ddim sôn wrthoch chi?"

"Na, do'n i ddim yn ei nabod yn dda. Roedd e wastad yn gyfeillgar ac yn dweud helô, ond do'n ni byth yn cael sgwrs iawn gyda'n gilydd."

"Dwedodd Mam eu bod nhw wedi dod draw fan hyn i noson cacennau bach a jazz un tro."

Chwarddodd. "Do, falle. Sai'n cofio'r noson arbennig honno, ond roedd y wraig yn hoff o'i nosweithiau thema. Tasen i'n gwbod bod dy dad â diddordeb mewn ffotograffiaeth bydden i 'di'i wahodd e draw i weld y stafell dywyll." Oedodd, cyn ychwanegu, "Dwi'n siŵr bydde fe wrth ei fodd yn rhannu hyn gyda ti."

Nodiais. Meddyliais tybed a fydden i wedi dangos

diddordeb mewn ffotograffiaeth tasai Dad heb farw. Ffeindio'r camera a'r ffilm daniodd fy niddordeb i yn y lle cyntaf oherwydd roedd fel darganfod darn anghofiedig, cuddiedig o Dad. Ond beth tasai e wedi cynnig i fi fynd allan gydag e i dynnu lluniau, fyddai diddordeb wedi bod gyda fi? Neu fyddwn i wedi gwrthod, fel gwnes i gyda'r pysgota? Ddof i byth i wybod, ond dwi'n gobeithio byddai'r diddordeb wedi bod yna.

"Dyna'r cyfan?" gofynnodd Vemund, gan hongian y pumed llun o'r fedwen ar y lein.

"Un arall," dwedais gan ollwng y negatif olaf i mewn i'r sylwedd.

"Falle mai hwn fydd yr un perffaith," meddai Vemund.

"Gobeithio."

Wrth i'r manylion ddod yn gliriach, sylwais nad llun bedwen oedd e. Ond y llun dynnais i yn nhŷ Niklas.

"Beth yw hwn?" gofynnodd Vemund.

"O, rhywbeth dynnes i sbel yn ôl. Dyw hwn ddim yn rhan o'r prosiect."

"Dynnest ti lun o'r camera," meddai Vemund. "Clyfar iawn."

"Diolch."

Defnyddiais bâr o dongs i droi'r negatif drosodd. Dwi ddim yn siŵr pam, ond ro'n i wedi gweld Vemund yn gwneud hynny. Daeth mwy a mwy o fanylion i'r golwg, a daeth hi'n amlwg hefyd nad oedd e'n llun da iawn. Roedd gormod o bethau yn y cefndir. Canhwyllau a geriach.

Yna, yn y cefndir, daeth dau berson yn fwy amlwg. Dyn â barf daclus a bachgen â gwallt Mohawk. Daliais i droi'r llun drosodd a throsodd i tsiecio ei fod e'n barod.

Wrth i'r manylion cefndir ddod yn gliriach daeth y dyn

a'r bachgen yn fwyfwy clir hefyd. A dyna pryd sylwais i fod rhywbeth mawr yn bod.

Edrychais ar Vemund. Roedd e wedi sylwi hefyd. Neu efallai ei fod e wedi sylwi 'mod i'n poeni. Roedd ei wyneb yn ddifrifol iawn pan dynnodd y tongs o'm llaw i.

Roedd y llun yn dangos y dyn yn cydio ym mraich y bachgen. Ac efallai nad yw hynny'n golygu unrhyw beth, oherwydd gall unrhyw un gydio ym mraich rhywun arall heb fod yn gas. Mae'n anodd dweud mewn llun. Yn enwedig llun wedi ei dynnu gan gamera twll pìn, a thrwy'r drych.

Ond roedd golwg grac ar y dyn. Roedd ei ên wedi ei gwthio allan a'i lygaid yn wyn ac yn sgleinio. Wrth gwrs, roedd hynny oherwydd mai negatif oedd e, ond roedd e'n dal yn sioc.

Ac ro'n i yno. Roedd y dyn â'r farf daclus a'r crys drud wedi swnio'n grac. Ac yn fygythiol. Ac ro'n i wedi gadael y tŷ yn reit sydyn.

Meddyliais am y cleisiau, a beth ddwedodd Sofia...

Roedd Niklas wedi bod yn dweud celwydd, roedd hynny'n amlwg.

Dylwn i fod wedi sylweddoli yn gynt.

Pan ddwedais yr hanes wrth Vemund, gofynnodd pwy oedd y bachgen a beth oedd ei rif ffôn.

"Be chi'n mynd i neud?"

"Cysylltu â'r gwasanaethau cymdeithasol."

"Na, arhoswch. Ma hynna ychydig bach yn drastig. Ddylen ni aros?" Do'n i ddim eisiau gwneud unrhyw beth tu ôl i gefn Niklas. Ro'n i eisiau siarad ag e cyn gwneud dim byd. Dylai e benderfynu sut i ddelio â hyn. "Falle 'mod i'n anghywir."

Cododd Vemund ei ysgwyddau. "Pan rwyt ti'n galw'r awdurdodau i godi amheuaeth am rywun, y peth cyntaf byddan nhw'n neud yw galw gyda'r teulu i weld bod popeth yn iawn. Os ydy popeth yn iawn, wel sdim angen mynd â'r peth ymhellach. Ond os nad ydy popeth yn iawn, wel, rhaid gwneud rhywbeth am y sefyllfa."

Doedd pethau ddim yn iawn, gallwn i synhwyro hynny.

Tynnais lun o'r negatif ar fy ffôn a'i drosi mewn lliw i'w weld yn gliriach. A do, daeth popeth hyd yn oed yn gliriach wedyn.

Dylwn i fod wedi sylweddoli.

"Beth fydd yn digwydd i Niklas? Fydd rhaid iddo fynd at deulu maeth?"

"O bosib. Gofyn i berthynas edrych ar ei ôl e, fwy na thebyg. Os nad yw hynny'n bosib, cael ei faethu fydd y cam nesa."

Ddwedais i ddim byd.

"Ond beth sy'n fwy pryderus yw beth all ddigwydd iddo os *na* wnawn ni'r alwad."

Casglais fy mhethau ynghyd a gwisgo 'nghot. Ac yna rhoddais fanylion Niklas i Vemund. Oherwydd roedd rhaid i fi.

Es i o'r tŷ cyn iddo wneud yr alwad ffôn. Ro'n i'n gwybod ei fod e'n gwneud y peth iawn, ond ro'n i'n teimlo'n ofnadwy.

Wrth adael y tŷ ffoniais i Niklas, ond atebodd e ddim. Anfonais decst i ofyn oedd popeth yn iawn, ond ches i ddim neges yn ôl.

Yn y diwedd anfonais y llun at Niklas a dweud '*Hei dwi newydd ffeindio'r llun yma a jyst isie tsiecio bod popeth yn ocê. Rho wbod os galla i neud rhywbeth.*'

Ond doedd dim ateb.

Y noson honno, ro'n i'n ffaelu cysgu am oriau. Daeth Frank ata i i'r gwely ac roedd e'n gallu synhwyro bod rhywbeth yn bod. Rhoddodd ei ben ar fy mrest ac edrych arna i â'i lygaid mawr trist. Llyfodd fy llaw wrth i fi fwytho'i ben, yn ceisio gwneud pethau'n well. Ond allai e ddim.

Es i i gysgu yn y diwedd. Ac yna, tua phum munud wedyn – neu felly roedd hi'n teimlo – canodd y larwm.

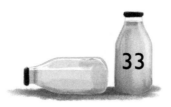

33

Roedd diwrnod y ffair wyddoniaeth wedi cyrraedd, ac roedd nerfau Sofia ar dân. Allwn i ddim deall pam oherwydd tasen ni ddim yn cael chwech am y prosiect yma, byddai hi'n dal i gael gradd pump yn y pwnc, neu chwech hyd yn oed. Ffoniodd hi cyn mynd i'r ysgol i fy atgoffa i i fynd â'r camera a'r lluniau. Fel taswn i'n mynd i anghofio!

Roedd gen i lot o bethau i'w cario, ac roedd Mam wedi cynnig mynd i'r gwaith yn hwyrach er mwyn rhoi lifft i fi i'r ysgol yn gyntaf.

Rhoddais y bag, y camera twll pìn a'r ffolder o luniau yn y garej, fel bod popeth yn barod ar ôl i fi fynd â Frank am dro. Ond pan ddes i'n ôl doedd y car ddim yn y garej.

Ffoniais i Mam, ac atebodd hi ar ôl iddo ganu dair gwaith.

"Ble wyt ti?" gofynnais.

"Yn y gwaith."

"Ond o'n i fod i gael lifft gyda ti i'r ysgol."

"O, sori, Sander, dwi 'di anghofio'n lân. Ges i 'ngalw i gyfarfod ac roedd rhaid i fi adael ar frys."

"Alli di ddod 'nôl?"

"Wel, na, sori, sdim amser nawr. Ma'r cyfarfod ar fin dechrau."

Oedais. "Ocê," dwedais, ond doedd pethau ddim yn ocê. Doedd dim byd allai hi ei wneud, a doedd dim amser gyda fi i ddadlau.

"Sori."

"Mae'n iawn."

"Hei, pob lwc gyda'r cyflwyniad."

"Diolch," dwedais a gorffen yr alwad heb ddweud ta-ta.

Roedd Adrian wedi gadael ac ro'n i'n hwyr. Brysiais i'r garej a rhoi'r lluniau yn fy mag a'i roi ar fy nghefn. Codais y camera a rhedeg drwy ddrws y garej cyn iddo gau. Roedd y pyllau dŵr wedi rhewi a'r strydoedd yn llithrig mewn mannau, ond triais gerdded mor gyflym ag y gallwn i. Ar ôl cyrraedd y brif stryd roedd hi'n llai rhewllyd, a dechreuais redeg.

Roedd Sofia eisiau i ni gwrdd yn gynnar er mwyn gosod popeth a mynd dros y cyflwyniad gyda'n gilydd, ond doedd hynny ddim yn mynd i ddigwydd nawr. Cael a chael oedd hi i fi gyrraedd yr ysgol mewn pryd. Sylweddolais y dylwn i fod wedi anfon neges ati i esbonio 'mod i'n hwyr, ond do'n i ddim eisiau gwastraffu amser. Pan redais i mewn i'r gampfa, yn fyr fy anadl, roedd y wers ar fin dechrau.

Roedd Sofia yn sefyll wrth un o'r byrddau. Roedd hi wedi gosod lluniau ar y wal y tu ôl iddi, oedd yn dangos sut i adeiladu camera twll pìn.

"Ble ti 'di bod?" hisiodd. "Mae'n dechrau!"

"Sori."

"Pam atebest ti ddim dy ffôn? Dwi 'di ffonio sawl gwaith."

Rhoddais y camera ar y bwrdd. "Roedd e yn fy mag i," dwedais gan anadlu'n gyflym. "Do'dd dim amser 'da fi i nôl e."

Edrychais o gwmpas y stafell. Roedd pawb yn brysur yn gosod eu byrddau a neb fel tasen nhw wedi gorffen. Doedden ni ddim yn gwneud y cyflwyniad tan y prynhawn. Doedd dim rhaid i fi fod wedi dod i mewn mor gynnar.

"Ydy'r lluniau 'da ti?" gofynnodd Sofia.

Agorais fy mag a rhoi'r ffolder iddi.

Yna daeth Adrian a Filip i mewn. "Be *chi'n* neud fan hyn?" gofynnais yn syn. "Sdim gwers 'da chi?"

"Mae'r athro yn sâl," meddai Adrian. "A dwedodd y *sub* gallen ni ddod i weld y ffair wyddoniaeth." Sylwais ar ambell un arall o'r un dosbarth yn cerdded i mewn.

"Ble ma Niklas?" holodd Sofia, wrth ddechrau edrych drwy'r lluniau yn y ffolder.

"Dyw e ddim yma heddi."

"Ydy e'n sâl?"

"Dim syniad."

"Od. Roedd e'n iawn ddoe. Gobeithio bydd e 'ma i'r cyflwyniad."

Roedd y ffaith fod Niklas yn absennol yn fy ngwneud i'n nerfus. Oedd hyn rhywbeth i'w wneud â'r sgwrs ges i â Vemund y diwrnod cynt?

Cododd Adrian ei ysgwyddau. "Ni'n mynd i weld y stondinau eraill." Cododd ei law ac aeth Filip ag e at y bwrdd nesa.

Trodd Sofia ata i gan ddal y lluniau i fyny. "Beth yw'r rhain?"

Y lluniau ro'n i wedi'u tynnu ar ben fy hun oedden nhw. "O, dynnes i rai newydd."

"Maen nhw mor siarp. Sut ddatblygest ti nhw?"

"Ges i... yyym... afael ar rai cemegion."

"Ddefnyddiest ti gemegion go iawn?"

Nodiais.

Edrychodd drwy'r ffolder yn gyflym. "Ble ma'r lluniau dynnon ni gyda'n gilydd?"

"Dylen nhw fod yn y ffolder."

"Na," meddai gan edrych arna i. "Ni angen y lluniau yna."

"Allwn ni ddefnyddio'r rhai sydd fan hyn? Maen nhw'n well, dwi'n meddwl."

"Ond ma'r adroddiad yn dweud mai defnyddio deunydd cartre naethon ni."

Damia! Ro'n i wedi canolbwyntio gymaint ar gael lluniau da ro'n i wedi anghofio'n llwyr am yr adroddiad.

"Allwn ni ddim defnyddio'r rhain."

Roedd golwg grac ar Sofia. MacGyver o'n i i fod, ond ro'n i wedi gwneud cawlach o bob peth. "A' i adre i'w nôl nhw."

Ochneidiodd. "Wel, glou 'te!"

Brysiais tuag at y drws, ond wedyn cofiais nad oedd y beic gen i. Rhedais yn ôl i'r gampfa i chwilio am Adrian. Roedd e'n sefyll wrth ymyl stondin oedd yn arddangos rhyw fath o gloc haul.

"Adrian," dwedais, "rhaid i fi fenthyg dy feic di."

Edrychodd arna i yn amheus. Dyw Adrian ddim yn fodlon i unrhyw un ddefnyddio'i feic BMX.

"Dere!" dwedais. "Ma'n rhaid i fi!"

Rhoddodd ei law yn ei boced, yn anfodlon, a rhoi'r allwedd i fi. "Rhaid i ti drwsio dy feic di," mwmiodd.

Nodiais, rhedeg ar draws y gampfa a chroesi iard yr ysgol. Yna, rhyddhau beic BMX Adrian o'r rac a phedlo adre mor gyflym ag y gallwn i. Ond ar ôl mynd oddi ar y brif stryd, cerddais a gwthio'r beic. Taswn i'n cwympo ar yr heol lithrig a thorri 'nghoes, fydden i byth yn gallu cyrraedd yr ysgol mewn pryd.

Ar ôl cyrraedd adre, pwysais y beic ar wal y tŷ ac agor y drws. Roedd Frank yn ei le arferol ar waelod y grisiau, a phan welodd e fi'n dod drwy'r drws cododd ei ben ac edrych arna i fel tasai'n methu credu ei lwc. Rhedodd ata i a rhoddais fwythau i'w ben cyn rhedeg i fyny i fy stafell.

Dechreuais fynd trwy'r llanast ar fy nesg. Tynnais y droriau i gyd allan ac edrych drwy bob un, ond allwn i ddim yn fy myw ffeindio'r lluniau. Rhedais i lawr y grisiau. Rhaid eu bod nhw yn y garej.

Agorais ddrws y garej ac roedd rhaid i fi syllu a syllu i wneud yn siŵr nad oedd fy llygaid yn chwarae tric arna i.

Yn y garej roedd bachgen â gwallt glas yn syllu arna i.

Ac yn cydio mewn dryll hela Mauser M12.

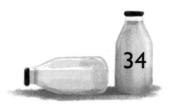

34

"Hei!" ebychais.

"Hei," meddai Niklas yn ôl. Mae'n siŵr nad oedd e'n gwybod beth arall i'w ddweud ond roedd e'n ymateb rhyfedd iawn. Ond beth yn y byd fyddai ymateb da?

"Hei," dwedais eto. "Be ti'n neud?" Roedd fy nghalon i'n curo mor gyflym allwn i ddim clywed fy llais yn iawn.

Edrychodd Niklas ar y llawr. "Do'n i ddim yn mynd i saethu fe," sibrydodd.

"Be?"

"Dwi'n addo. Dim ond codi ofn."

"Ar bwy?"

Edrychodd i lawr eto. "Dy fai di yw hyn i gyd."

Llyncais yn galed. "Be sy 'di digwydd?"

"Daeth rhywun o'r gwasanaethau diogelu plant i'r tŷ bore 'ma. Wrth gwrs, roedd popeth i'w weld yn iawn, ac fe aethon nhw wedyn. Ond nawr mae fy llystad yn gandryll. Diolch i ti."

"Ydy e... wedi brifo ti?"

Siglodd Niklas ei ben. "Es i mas o'r tŷ cyn iddo gael cyfle." Trodd y dryll yn ei law. "Bydd Mam yn gorfod trio perswadio fe nawr nad ni ffoniodd yr awdurdodau."

"Be? Aros, alli di plis roi'r dryll 'na lawr? Mae dy weld di'n dal y peth 'na'n codi ofn arna i."

"Iawn." Cododd ei ysgwyddau a rhoi'r dryll i lawr ar y fainc weithio. "Sdim bwledi ynddo fe. Do'n i ddim yn mynd i'w ladd e."

"Dwi'n gwbod," dwedais. "Ond diolch."

Eisteddon ni'n dau ar y cratiau wrth y wal. Byddai Sofia'n wyllt erbyn hyn, ac yn fy ffonio i drwy'r amser. Ond roedd y ffôn yn dal yn fy mag, oedd yn yr ysgol.

"Pam fyddai dy fam yn trio rhesymu â dy lystad? Pam dyw hi ddim yn ei adael e?"

Cododd ei ysgwyddau. "Achos yn ei meddwl hi mae bod ar ei phen ei hunan yn waeth na bod gyda diawl fel fe."

Doedd hynny ddim yn gwneud synnwyr i fi.

"Ond allwch chi ddim aros yn y tŷ. Gyda *fe*."

"Sdim unman arall i fynd."

"Beth am dy dad?"

Siglodd ei ben. "Sai mewn cysylltiad ag e. Sdim lot o bwynt. Ma fe'n byw yn Oslo, beth bynnag."

Rhwbiais fy nwylo yn erbyn ei gilydd wrth drio meddwl. Do'n i ddim yn gwybod beth i'w ddweud na sut i helpu.

"Be sy'n bod ar dy law di?"

Edrychais i lawr ar fy nghôl. Dyw'r gwahaniaeth rhwng y ddwy law a'r ddwy fraich ddim yn amlwg oni bai eu bod nhw gyda'i gilydd.

"O, hynna!" Triais wenu. "Un o'r *perks* o fod ag SRS."

Gwgodd, a sylweddolais nad oedd e'n gwybod bod y cyflwr arna i. Ro'n i'n cymryd yn ganiataol fod pawb ro'n i'n nabod yn gwybod amdano, ac ar wahân i'r doctor, do'n i ddim wir wedi siarad â neb arall amdano.

"Syndrom Silver-Russell," dwedais. "Salwch tyfu."

"Oes salwch tyfu arnot ti?" Edrychodd arna i fel tasai'n amau oeddwn i'n dweud y gwir.

Nodiais.

"Hy, doedd dim syniad 'da fi." Cododd ei ysgwyddau. "Ti'n edrych fel pawb arall."

Dwi'n meddwl mai dyna'r peth gorau roedd unrhyw un wedi ei ddweud wrtha i erioed. A dwi'n meddwl ei fod e o ddifri hefyd.

"Wel, na, dim rili," dwedais gan bwyntio ata i fy hun. "Mae 'da fi wyneb siâp triongl ac ma 'mhen i'n rhy fawr i 'nghorff i.

Culhaodd ei lygaid. "Dwi ddim yn gallu gweld hynna."

Edrychais arno. Ro'n i wedi teimlo erioed bod fy nghyflwr i mor, mor amlwg. Y peth cyntaf fyddai pobl yn sylwi arno.

"A'r fraich," dwedais. "Mae'r un dde yn hirach na'r un chwith." Daliais y ddwy allan gyda'i gilydd i ddangos y gwahaniaeth.

"Cŵl. Ti'n edrych bach fel Barret o *Final Fantasy*."

Es i chwerthin. "Ma therapi hormonau tyfu wedi helpu. Hyd yn hyn."

Doedd gen i ddim syniad pam ro'n i'n dweud hyn i gyd. Do'n i ddim wedi datgelu hyn i Adrian eto hyd yn oed. Efallai oherwydd bod Niklas yn wynebu problem dipyn mwy difrifol. Roedd fy mhroblem i'n arwynebol a braidd yn wirion o'i chymharu â'r un oedd gan Niklas.

Edrychais arno. "Falle wna i ddim tyfu'n dalach na hyn."

"Wir? Crap."

"Ie."

"Gallai fod yn waeth."

"Sut?"

"Gallet ti fod yn dal ac yn dwp."

Chwarddais. "Falle."

Aeth popeth yn dawel wedyn. Do'n i ddim yn gwybod beth i'w ddweud ac roedd Niklas yn dal i syllu ar ei sgidiau. Ymhen ychydig, meddai, "Beth wna i?"

Meddyliais am funud. "Dod i aros 'da ni."

"Be?"

"Wel, am heno o leia. Ond mor hir ag sydd angen. Bydd Mam yn iawn."

"Dim rhaglen ar Disney Channel yw hyn, Sander. Alla i ddim dod i fyw 'da chi."

"Pam? Dim ond am y tro, tan i ni weithio rhywbeth mas."

"Ti'n meddwl?"

"Yn bendant. Ma Mam yn dwli arnot ti." Codais a rhoi'r dryll yn ôl yn y cwpwrdd, a'i gloi. "Dere i'r ysgol nawr. A pnawn 'ma, galli di ddod adre 'da fi."

"Sai'n siŵr," meddai.

"Siarada i â Mam ac esbonio popeth." Mae meddwl am Mam yn cymryd cyfrifoldeb am y sefyllfa yn rhyddhad mawr. Trueni na fydden i wedi sôn wrthi cyn hyn. "Bydd hi'n gwbod beth i neud."

Dringais yr ysgol a rhoi'r allwedd yn ôl yn ei lle.

"Iawn."

"Ie?"

Cododd ei ysgwyddau. "Ie, ma hynna'n swnio'n ocê."

Aethon ni allan o'r garej ac es i at feic Adrian. Wrth gyrraedd gwaelod y dreif trodd Niklas i'r chwith a fi i'r dde.

"Ble ti'n mynd?" holais.

"Mynd i'r tŷ i nôl cwpwl o bethau."

"Pa bethau?"

"Jyst pethau. Bag a llyfrau. A gwisg ymarfer corff. Bydd yr athro'n lladd fi os anghofia i'r wisg eto."

"Ond... fyddi di'n saff?"

"Bydd e'n iawn. Bydd fy llystad yn y gwaith nawr."

"Ocê... ti isie i fi ddod 'da ti?"

"Na, mae'n iawn. Ma'r cyflwyniad pwysig heddi!"

"Ydy."

"Wel, well i ti fynd. Neu bydd Sofia yn lladd ti os fyddi di ddim yna."

"Iawn. Wela i di wedyn."

Hanner ffordd i'r ysgol, sylweddolais 'mod i wedi anghofio'r union beth es i adre i'w nôl yn y lle cyntaf. Byddai Sofia'n wyllt gacwn 'mod i'n cymryd mor hir. Ond os bydden i'n mynd yn ôl i'r ysgol heb y lluniau fyddai 'mywyd i ddim gwerth ei fyw.

Felly yn ôl â fi i'r tŷ. Pan agorais ddrws y garej y peth cyntaf sylwais i arno oedd fod drws y cwpwrdd gynnau ar agor.

Doedd y bachgen gwallt glas ddim yno.

Na'r dryll hela Mauser M12.

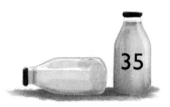

35

Rhoddais fy llaw yn fy mhoced i nôl fy ffôn cyn cofio nad oedd e gen i. Roedd e'n dal i fod yn yr ysgol. Rhaid ffonio Mam. Neu'r heddlu. Neu unrhyw un. Ond heb ffôn yn y tŷ penderfynais yn sydyn beth i'w wneud.

Es i at y dyn gwallgo, neu, mewn geiriau eraill, fy ffrind Vemund.

Roedd ei ddrws ar glo. Canais y gloch drosodd a throsodd, trio'r handlen sawl gwaith, cyn canu'r gloch eto. O'r diwedd agorodd y drws a safai Vemund yno.

"Sander?" A gwgodd. "Pam ti ddim yn yr ysgol?"

"Dwi angen help."

"Ma rhywbeth yn dweud wrtha i nad help gyda ffotograffiaeth yw hyn."

Siglais fy mhen a cherdded heibio iddo i mewn i'r tŷ. Triais esbonio'r sefyllfa'n fras, ac aeth Vemund i'r stafell arall i ffonio'r heddlu.

Ar ôl munud neu ddwy daeth yn ôl. "Maen nhw'n mynd draw i tsiecio," meddai. "Maen nhw ar eu ffordd."

"Oes car 'da chi? Dwi isie gweld Niklas."

Siglodd ei ben. "Well i ni adael i'r heddlu ddelio â hyn."

"Ddylwn i ddim fod wedi gadael iddo fe fynd. Fy mai i

yw ei fod e'n mynd at ei lystad nawr, a dryll yn ei law."

Rhoddodd Vemund ei law ar fy ysgwydd. "Does dim bai arnot ti o gwbwl, Sander. Ti 'di neud popeth galli di i dy ffrind."

Ddwedais i ddim byd.

"Y peth gore i ti neud yw mynd yn ôl i'r ysgol a gadael popeth i'r heddlu. Galli di siarad â Niklas wedyn. Ma fe'n gwbod bod ti'n gefn iddo fe."

Gadawais y tŷ, codi'r beic a cherdded i gyfeiriad yr ysgol. Roedd Vemund yn iawn. Allwn i ddim gwneud dim byd mwy, ac roedd yr heddlu'n gyfarwydd â sefyllfaoedd fel hyn.

Ond doedd yr heddlu ddim yn adnabod Niklas, fel fi.

Pan gyrhaeddais ddiwedd y stryd, newidiais fy meddwl a throi'n ôl. Roedd rhaid i fi stopio rhywbeth ofnadwy rhag digwydd.

Cerddais gyda'r beic i fyny'r rhiw hir tuag at Rosk. Roedd yn llithrig mewn mannau ond allwn i byth fod wedi seiclo i fyny beth bynnag, roedd e'n llawer rhy serth. Doedd gen i ddim cynllun. Ond ro'n i'n gwybod na allwn i fyth fynd i'r ysgol heb wybod oedd Niklas yn ocê.

Pan gyrhaeddais y llwybr dan yr heol, es i ar y beic a seiclo i ochr arall y ffordd. Dilynais y stryd tan i fi gyrraedd yr arwydd i Roskalen lle roedd Niklas yn byw. Stopiais ar dop y stryd ac oedi am funud. Roedd y ffordd yn edrych yn rhewllyd iawn.

Taswn i'n seiclo i lawr y rhiw gallwn i syrthio a thorri braich neu goes.

Gallwn i daro 'mhen ar y tarmac a chael cyfergyd.

Roedd Fabio Casartelli, y seiclwr enwog, wedi crashio mewn ras Tour de France unwaith. Tarodd ei ben ar graig, a bu farw. Roedd hynny sawl blwyddyn yn ôl, ond gallai'r un peth yn hawdd ddigwydd eto. Gallai ddigwydd i fi.

Edrychais i lawr ar hyd y ffordd lithrig. Fel arfer byddwn i'n troi ac yn mynd y ffordd hirach. Ond doedd dim amser i hynny.

Byddai'n cymryd yn rhy hir.

Felly tynnais anadl ddofn a dechrau mynd i lawr y stryd.

Rhoddais dro i'r beic wrth gyrraedd tro yn y ffordd. Ro'n i'n mynd yn gyflym. Yn rhy gyflym. Teimlais y panig yn cynyddu y tu fewn i fi, a thynnais ar y brêcs yn galed. Dechreuodd yr olwyn lithro ond stopiodd y beic ddim. Aeth yn gynt a doedd gen i ddim rheolaeth bellach.

Cefais fy nhaflu oddi ar y beic a glaniais ar fy ochr.

Eisteddais i fyny. Roedd fy mraich i'n brifo, ond heblaw am hynny, ro'n i'n iawn. Codais y beic ac ailddechrau pedlo. Wrth agosáu at dŷ Niklas ro'n i'n gallu gweld car heddlu yn y dreif ac roedd criw mawr o bobl wedi dechrau ymgynnull.

"Be sy'n mynd ymlaen?" gofynnodd un.

"Dim syniad," meddai un arall.

Ro'n i'n ceisio gweld ond roedd gormod o bobl o 'mlaen i. Gofynnais i ddyn tal oedd e'n gallu gweld rhywbeth ond siglodd hwnnw ei ben. Yn sydyn ro'n i'n teimlo'n wael am sefyll yna, fel pawb arall. Byddai Niklas yn casáu 'ngweld i yng nghanol y dorf. Ond, ar yr un pryd, allwn i ddim jyst gadael.

Ar ôl tipyn daeth un o'r plismyn allan o'r tŷ a gofyn i bawb symud o'r ffordd.

"Symudwch 'nôl, plis," meddai, gan symud ei freichiau. "Dewch, bobl, 'nôl. Sdim byd i'w weld."

Symudodd y dorf ychydig gentimetrau ond wnaeth neb ymdrech i gerdded i ffwrdd. Roedd drws y tŷ ar agor, ond allwn i ddim gweld yn iawn beth oedd yn digwydd. Es i gam yn agosach a llwyddo i ffeindio bwlch rhwng y bobl o 'mlaen i i gael gwell golwg.

Yna gwelais lystad Niklas yn dod allan o'r tŷ, a phlisman yn ei ddilyn.

Ro'n i'n edrych am Niklas, gan ddisgwyl iddo yntau ddod allan o'r tŷ hefyd, ond ddaeth e ddim.

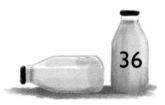

Mae manylion y diwrnod hwnnw yn dibynnu ar bwy rydych chi'n siarad ag e.

Dwedodd y cyfryngau (un neges ar gyfrif Twitter Heddlu'r De-orllewin): *Fe wnaeth yr heddlu ymweld â thŷ yn ardal Nærbø tua deg o'r gloch ar ôl derbyn galwad am ddigwyddiad domestig. Mae'r heddlu'n holi dyn yn ei bedwardegau.*

Ond roedd gan bobl eraill bob math o straeon:

- Niklas wedi dwyn dryll a thrio lladd ei lystad meddw, treisgar, ond daeth yr heddlu a'i stopio jyst mewn pryd;
- Niklas a'i dad wedi bod yn ymladd dros y dryll, cafodd ei danio ar ddamwain a Niklas yn ei saethu yn ei fraich ac mae e nawr yn yr ysbyty;
- Niklas wedi dwyn y dryll o garej Sander Dalen. Cyrhaeddodd Sander safle'r drosedd a stopio Niklas jyst mewn pryd. (Dyma pam wnaeth Sander ddim cyrraedd yr ysgol mewn pryd i wneud y cyflwyniad yn y ffair wyddoniaeth.)
- Niklas yn saethu ei lystad yn ei goes ac mae wedi cael ei roi mewn carchar i droseddwyr ifanc;
- Sawl stori wirion arall.

Dyma beth ddigwyddodd go iawn: ddydd Llun, 3 Rhagfyr, roedd nifer o bobl ar Stryd Opstad wedi galw'r heddlu ar ôl gweld bachgen yn cario arf. Dyw dryll hela ddim yn hawdd i'w guddio wrth ei gario o gwmpas y dref. Nac yn unman arall chwaith. Mae swyddfa'r heddlu leol ryw bum munud i ffwrdd mewn car ond roedd car heddlu yn digwydd bod yn yr ardal ar y pryd yn delio â mater arall.

Fel gallwch chi ddychmygu doedd ffeindio bachgen â Mohawk glas yn cario dryll hela Mauser M12 ddim yn anodd.

Erbyn i'r heddlu gael galwad yn dweud bod y bachgen ar ei ffordd i Rosklia 36, Nœrbø, roedd e eisoes yn eistedd yn sedd gefn car yr heddlu.

Ar ei ffordd draw i swyddfa'r heddlu roedd y bachgen wedi penderfynu peidio dweud gair. Beth bynnag fyddai'n digwydd, gwell iddo gadw'i geg ar gau. Os cadwai'n dawel, allen nhw ddim ei gadw yno, na'i gyhuddo o unrhyw drosedd.

Aeth car heddlu arall i'r tŷ wrth iddyn nhw holi'r bachgen yn swyddfa'r heddlu. Doedd e ddim wedi cael brecwast y bore hwnnw ac roedd ei fol yn cadw sŵn. Cafodd e deisennau sinamon a diod *fizzy*. Roedd pawb yn garedig iawn ac yn gwneud iddo deimlo'n gartrefol.

Nid dyna'r rheswm y penderfynodd siarad. Roedd e wedi cyrraedd pwynt lle nad oedd unrhyw opsiwn arall.

Roedd yr heddlu wedi ei gredu pan ddwedodd nad oedd e'n bwriadu saethu unrhyw un. Doedd dim bwledi yn y gwn. Doedd e ddim wedi ei lwytho.

Dwedodd e bopeth wrthyn nhw.

Siaradodd yr heddlu â llystad y bachgen. Dwedodd e fod popeth yn iawn a bod y bachgen yn dweud celwydd.

Siaradodd yr heddlu â mam y bachgen. Dwedodd hi fod popeth yn iawn a bod y bachgen yn dweud celwydd.

Tynnodd y bachgen ei grys a dangos ei gleisiau. Cleisiau hen a newydd. Estynnodd am ei ffôn a dangos y llun gafodd ei dynnu gyda chamera twll pìn yn ei dŷ yn ddiweddar.

Aeth y bachgen ddim yn ôl i'r tŷ.

Aeth e ddim yn ôl i'r ysgol.

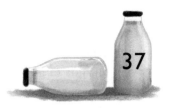

37

Yn sydyn roedd pawb yn gwybod pwy o'n i. Fi oedd yr un oedd â dryll yn y garej. Fi oedd yr un oedd ar safle'r drosedd lle roedd y bachgen newydd yn mynd i saethu ei lystad.

Yn yr ysgol, byddai plant yn dod ata i a dweud pethau fel, "Ydy hi'n wir fod Niklas wedi saethu ei dad yn ei goes?" a "Wnest ti rili dynnu'r dryll mas o'i law e?"

Taswn i ddim yn ateb bydden nhw wedi parhau i gredu'r celwyddau. Felly, fel arfer byddwn i'n dweud, "Na, dyw hynna ddim yn wir" ac yn cerdded i ffwrdd. Taswn i wedi esbonio beth ddigwyddodd go iawn byddai hynny'n anfon neges ei bod hi'n iawn siarad ag unrhyw ddieithryn, dim ond i gael y wybodaeth ffug ddiweddaraf. A do'n i ddim eisiau gwneud hynny.

Wrth i'r gwasanaeth diogelu plant gael trefn ar bopeth, cafodd Niklas ganiatâd i fod yn absennol o'r ysgol am dipyn. Arhosodd gyda ni am dair noson. Roedd yr awdurdodau wedi cysylltu â'i dad ac wedi trefnu i Niklas symud i Oslo i aros gydag e.

Fe wnaethon ni siarad dros Skype y diwrnod ar ôl iddo adael.

"Mae e dal yn idiot, ond o leia dyw e ddim yn gas i fi."

"Ti 'di siarad â dy fam?" gofynnais.

Siglodd ei ben. "Na. Dyw hi ddim 'di cysylltu, a dwi bendant ddim yn mynd i gysylltu â hi yn gyntaf. Mae dy fam wedi ffonio cwpwl o weithiau, chwarae teg."

Gwenais. "Ydy, dwi'n gwbod."

Do'n i ddim yn gallu credu bod mam a llystad Niklas yn cario ymlaen â'u bywydau fel tasai dim byd wedi digwydd.

"Maen nhw siŵr o fod yn hapus nawr, a fi mas o'u ffordd nhw," meddai Niklas. Oedodd am funud cyn ychwanegu, "Dwi ddim isie mynd i'r achos llys."

"Ond ma rhaid i ti," dwedais.

"Dwi'n gwbod."

"Bydd e'n iawn."

"Hm. Gwranda, rhaid fi fynd. Dwed helô wrth dy fam drosta i."

Es i lawr y grisiau i gael diod. Roedd Mam wrth y bwrdd bwyd, yn yfed coffi.

"Ma Niklas yn dweud helô," dwedais wrth agor yr oergell.

"O, sut ma fe?"

Arllwysais ddiod o sudd oren ac eistedd gyda hi. "Iawn. Dal i setlo, dwi'n meddwl."

Cymerodd sip o'i choffi a siglo'i phen. "Sai'n gallu credu bod ei lystad e'r math yna o ddyn. Sai wir yn ei nabod e, ond ro'n i'n nabod ei dad e ac roedd e'n ddyn lyfli. Cwympodd yr afal yn bell iawn o'r goeden fan'na."

"Be ma hynna'n feddwl?" gofynnais.

"Jyst bod e ddim byd tebyg i'w dad."

"Dwi ddim chwaith."

Gwgodd. "Pam ti'n dweud hynna?"

Codais fy ysgwyddau. "Ma Jakob wedi cael yr un tymer â

Dad. Adrian wedi cael gwên Dad. Ma'r ddau â gwallt tywyll ac ysgwyddau llydan."

Daliodd ei phen yn ôl ac edrych arna i. "Mewn sawl ffordd, ti yw'r un sy debycaf i dy dad."

"Be ti'n feddwl?"

"Ti'n garedig, yn un peth."

Codais fy ysgwyddau eto. "Ma Adrian hefyd."

"Wrth gwrs. A Jakob."

"Os ti'n dweud!"

Chwarddodd hi. "Wrth gwrs! Chi yw'r tri mab neisiaf, mwyaf caredig, a'r gorau yn y byd i gyd. Ac ma calon lân 'da ti. Ti'n rhoi anghenion pobl eraill o flaen dy rai di dy hunan, a neud yn siŵr bod pawb arall yn iawn. Fel'na ti 'di bod erioed. Yn gwmws fel dy dad."

"Ti erioed 'di dweud hynna o'r blaen."

Gwgodd eto. "Ydw, dwi'n credu 'mod i!"

Siglais fy mhen.

"Wel, dwi'n dweud wrthot ti nawr."

38

"Ydw i'n hwyr?" gofynnodd Sofia wrth ddod i mewn i'r stafell ar ôl cnocio'n gyflym ar y drws.

"Na, jyst mewn pryd," dwedais. "Ni'n barod nawr."

"Grêt." Cerddodd ar draws y stafell ac eistedd ar y llawr gyda Filip ac Adrian. "Hei."

"Ti 'di siarad ag e?" holodd Filip.

Siglodd Sofia ei phen a chnoi ei gwefus isaf. "Ddim ers sawl diwrnod."

Es i nôl fy laptop ac eistedd gyda nhw ar y llawr. Agorais Skype a phwyso'r botwm fideo wrth ochr enw Niklas. Ar ôl ychydig eiliadau daeth ei wyneb ar y sgrin.

"Hei, *losers!*" Lledodd gwên ar draws ei wyneb. Roedd y Mohawk glas wedi mynd. A'i wallt i gyd wedi ei dorri'n fyr iawn.

"Hei," meddai Filip. "Sut ma pethau'n mynd?"

"Iawn. Ma'r lle 'ma'n enfawr. Es i ar goll dair gwaith ddoe wrth ddod adre ar y *subway.*"

"Ti'n gwbod eto i ba ysgol fyddi di'n mynd?" gofynnodd Adrian.

"Ydw. Dwi'n dechrau ar ôl Nadolig. Es i draw i weld y lle a siarad â'r pennaeth. Ma fe'n ddyn ocê."

"Cŵl."

"Doedd e ddim yn deall fi'n siarad hanner yr amser. Dwedodd e fod yr acen yn anodd i ddeall."

Aethon ni i chwerthin a dweud pethau fel *"Hy, pobl Oslo"* a *"Nhw yw'r gwaethaf"*.

Aeth Niklas ymlaen i sôn am Oslo a sut roedd ei berthynas e a'i dad yn gwella a sut roedd e'n ymdopi â'i fywyd newydd. "Dyna ni, rili," meddai ar ôl tipyn. "Sut ma pethau 'da chi?"

Edrychodd y pedwar ohonon ni ar ein gilydd. Codais fy ysgwyddau. "Dim byd newydd fan hyn."

"O, anghofiais i ofyn," meddai Niklas. "Sut aeth y ffair wyddoniaeth?"

"Wel, achos bod yr idiot fan hyn ddim wedi cyrraedd," meddai Sofia, "roedd rhaid i fi achub y prosiect." Roedd hi wrth ei bodd yn siarad am hyn – gwneud y cyflwyniad ar ei phen ei hun ac addasu'r darn yn yr adroddiad am y broses ddatblygu cyn cyflwyno'r aseiniad.

Chawson ni ddim marciau llawn oherwydd doedden ni ddim wedi cofnodi hanes y *camera obscura* yn iawn, nac esbonio'n fanwl beth oedd yn digwydd y tu fewn i'r camera oedd yn ei gwneud hi'n bosib tynnu llun. Gawson ni radd pump. Ond doedd dim ots mewn gwirionedd.

"Cŵl," meddai Niklas. "O'n i'n gwbod byddech chi'n neud yn dda."

"Iawn," meddai Sofia. "Well i ni fynd, i baratoi ar gyfer y parti."

"Iawn, joiwch," meddai Niklas. Edrychodd ar Sofia. "Wel, dim gormod!"

Chwarddodd hi. "Ffonia fi fory?"

"Iawn."

Roedd Erik, un o'r bois yn yr un flwyddyn â fi, yn trefnu parti Nadolig i bawb yn yr ysgol. Ac wrth edrych o gwmpas y stafell, roedd fel tasai pawb yn yr ysgol wedi dod. Wel, nid pawb…

Roedd e'n od, achos ar y dechrau do'n i ddim eisiau Niklas o gwmpas y lle, ond nawr ro'n i'n ei golli'n fawr. Erbyn hanner awr wedi naw roedd pawb yn cymysgu â'i gilydd o gwmpas y stafell. Roedd Filip yn sefyll wrth un o'r byrddau, yn gwneud tric i griw o bobl oedd yn rhy feddw i werthfawrogi ei ddawn. Roedd Sofia yn eistedd ar soffa yn siarad â'i ffrindiau. Roedd Adrian ar soffa arall yn fflyrtio â rhyw ferch. Yna rhoddodd ei fraich o'i chwmpas hi. Yna roedden nhw'n cusanu. Dim ond rhai o'r pethau mae fy mrawd bach yn eu profi cyn fi.

Troais i edrych drwy'r ffenest. Roedd hi'n hollol dywyll tu allan heblaw am y goleuadau Nadolig. Teimlais law ar fy ysgwydd a gweld merch o flwyddyn is na fi. Mia oedd ei henw. Roedd hi'n dal gwydryn gwin oedd yn llawn diod goch. Rhy goch i fod yn win.

"Hei," meddai Mia. "Sander wyt ti, ie?"

Nodiais a pharatoi i gael fy holi am Niklas.

"Dwi'n hoffi cyfri Instagram ti."

"Wyt ti?"

"Ydw, yn enwedig y llun o'r coed yn y glaw. A'r un o'r creigiau ar y traeth."

Roedd y postiadau hynny'n hen. Roedd hi wedi gorfod sgrolio yn ôl i'r dechrau i ffeindio'r lluniau hynny.

"O mam bach!" chwarddodd Mia. "Dwi'n swnio fel stelciwr, ydw i?"

Gwenais. "Na, mae'n iawn."

"Ti'n ffotograffydd gwych."

"Diolch."

"Dylet ti dynnu mwy o luniau ohonot ti."

"Ie?"

"Ie, ti'n ciwt." Yna daeth un o'i ffrindiau draw a rhoi ei braich amdani.

"Hei, ni angen ti yn y gegin," meddai'r ferch. "Llun grŵp."

Wrth iddyn nhw gerdded i ffwrdd, trodd y ferch ata i.

"Sori os yw Mia 'di bod yn poeni ti. Mae'n dueddol o siarad â pawb ar ôl bach o seidr."

Giglodd Mia a gadael i'w ffrind ei thynnu oddi yno.

Ffeindiais gadair, estyn am fy ffôn a dechrau sgrolio trwy hen luniau. Ro'n i eisiau postio'r llun dynnais i ar y safle adeiladu. A do'n i ddim yn mynd i'w ddileu. Pa faint bynnag o bobl fyddai'n ei hoffi.

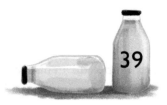

Ychydig ddiwrnodau wedyn rhoddais wynt yn y teiar a mynd yn ôl ar y beic. Roedd y strydoedd yn dal i fod rhywfaint yn llithrig, ond doedd dim gymaint o ofn arna i rhagor.

Es i mewn i stryd Vemund a pharcio'r beic y tu allan i'w dŷ. Wnes i ddim trafferthu ei guddio yn y llwyni y tro hwn. Roedd Vemund wedi bod yn gefn i fi pan o'n i ei angen e fwyaf. Roedd e'n ffrind da, ac ro'n i eisiau bod yn ffrind da iddo fe hefyd.

Am ryw reswm doedd hi ddim yn ddiwedd y byd tasai rhywun yn gweld fy meic y tu allan i'w dŷ. Cerddais i fyny at y drws ffrynt a cherdded i mewn heb ganu'r gloch, oherwydd yn ein tref ni dyna beth mae ffrindiau yn ei wneud.

Roedd Vemund yn eistedd yn ei gadair yn gwrando ar gerddoriaeth glasurol.

"Sander!" meddai. "Beth alla i neud i ti heddi?"

"Jyst galw i'ch gweld chi," dwedais. "Chi'n iawn?"

"Ydw, diolch." Gwenodd. "A ti?"

"Ydw."

"Da iawn. Ti'n gwbod, mae'r negatifs o'r camera Olympus dal yma, os wyt ti eisiau parhau â'r broses."

Aethon ni i lawr i'r seler, a dangosodd Vemund sut i

chwyddo'r negatif yn faint llun gan ddefnyddio'r chwyddwr ac yna ei ddatblygu.

Rhoddais negatif yn yr hambwrdd cyntaf a defnyddio'r tongs i'w droi sawl gwaith. Siglais yr hambwrdd yn ysgafn gan feddwl y byddai hynny'n cyflymu'r broses.

"Sut ma Niklas?" gofynnodd Vemund.

"Iawn, dwi'n meddwl bod e'n setlo'n ocê."

"Da iawn. Falch o glywed."

Pan oedd yn barod symudais y llun i'r hambwrdd nesa a'i adael i Vemund.

Trodd i edrych arna i. Roedd y golau bach yn gwneud ei wyneb yn goch a sgleiniog. "Beth yw hwn?"

"O." Llun o'r angel a'r gwydr mân oedd e. "Tynnais i lun o'r rhain ar y dreif. Ro'n i'n hoffi'r syniad o rywbeth hardd yng nghanol y darnau wedi torri."

Gwenodd. "Mae'n llun da iawn. Mae 'da ti lygad da am y manylion."

"Diolch. Gewch chi gadw'r llun os chi moyn."

"Ti'n siŵr?"

Nodiais. "Alla i ofyn cwestiwn?"

"Gofynna di."

"Beth oeddech chi'n feddwl ohona i pan gwrddon ni gyntaf?"

"Be ti'n feddwl?"

"Yn yr eglwys. Y tro cyntaf. Beth oedd eich argraff ohona i?"

Cododd ei ysgwyddau. "Bachgen â diddordeb mewn ffotograffiaeth, dyna i gyd."

"O'n i'n edrych yn normal?"

"Diffinia 'normal'."

Efallai nad Vemund oedd y person cywir i fi ei holi am hyn.

Symudodd y llun i'r hambwrdd olaf. "Ti'n gwbod, roedd un peth ro'n i wastad yn dweud wrth y plant ro'n i'n gweithio gyda nhw."

"Be?"

"Peidiwch poeni gymaint am beth mae pobl eraill yn feddwl ohonoch chi. Byddwch yn chi'ch hunan."

Roedd e'n gwneud iddo swnio mor syml. "Ydy hynna'n gweithio?"

Gwenodd Vemund. "Gweithiodd e i fi."

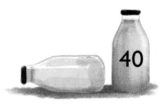

40

18 Rhagfyr – diwrnod yr apwyntiad.

Pan o'n i'n iau ro'n i wastad yn teimlo'n nerfus am fynd i'r ysbyty, felly roedd Mam a fi'n chwarae gemau yn y car ar y ffordd, i drio anghofio. Ac ers hynny mae wedi bod yn draddodiad. Un o'r gemau yw Newyddion Ffug. Bydden ni'n dau, am yn ail, yn dweud rhyw stori newyddion a byddai'r llall yn gorfod dyfalu oedd hi'n wir neu'n ffug. Roedd hawl cael un cliw, ond dim ond hanner pwynt fyddai hynny.

Wrth adael y drafordd, meddai Mam, "Glywest ti am y boi na'th farw wrth dorri record byd am lwgu?"

"Na. Newyddion ffug."

"Ti'n siŵr?"

"Ydw."

"Ie, ti'n iawn. Dy dro di."

"Glywest ti am y dyn enillodd y loteri gyda help ei iâr?"

Meddyliodd am funud. "Iawn, dwed mwy."

"Rhoddodd hadau corn ar ei gyfrifiannell, pigodd yr iâr y corn ar rai o'r rhifau. Defnyddiodd y dyn y rhifau yn y loteri ac ennill y jacpot!"

Siglodd ei phen. "Na. Newyddion ffug."

"Anghywir. Mae'n wir."

"Cer o 'ma!"

"Cant y cant yn wir."

Cyrhaeddon ni faes parcio'r ysbyty. "Ti'n poeni?" gofynnodd.

Siglais fy mhen ac edrych allan drwy'r ffenest. Doedd dim byd i boeni amdano – ro'n i'n gwybod beth fyddai'r canlyniadau. Doedd y driniaeth ddim yn gweithio rhagor.

Diffoddodd Mam yr injan ac agor y belt. "Barod?"

"Barod."

Ro'n i'n gwybod mai dyma pryd byddai'r doctor yn stopio'r driniaeth ac yn dweud na fyddwn i'n tyfu rhagor. Ond rywffordd, ro'n i'n teimlo'n ocê wrth groesi'r maes parcio. Sdim ots beth fyddai'n digwydd, *fi* fyddwn i o hyd.

Sander Dalen.

Un mewn can mil.

www.childline.org.uk

Mae Childline yn llinell gymorth gyfrinachol a rhad ac am ddim ar gyfer rhai dan 18 oed, ac mae'r gwasanaeth ar gael yn y Gymraeg hefyd. Os ydych chi'n poeni am rywbeth mawr neu fach ac angen cefnogaeth neu gyngor, gallwch gysylltu â chwnselwyr profiadol unrhyw bryd ar 0800 1111 neu siarad â chwnselydd 1 i 1 ar-lein.

Mae gwybodaeth a chefnogaeth ddefnyddiol ar wefan Childline, ar amrywiaeth eang o bynciau.

www.childgrowthfoundation.org

Mae'r Child Growth Foundation yn rhoi cymorth i blant, oedolion a theuluoedd rhai sydd ag anhwylderau tyfu, gan gynnwys unigolion sydd heb gael diagnosis ac sy'n chwilio am ddiagnosis. Am fwy o wybodaeth ewch i'r wefan neu ffoniwch y llinell gymorth ar 0208 995 0257.

Mae'r cynghorwyr i gyd yn rhieni sydd â phlant ag anhwylder tyfu ac maen nhw'n barod i wrando ac i helpu.

UN mewn CAN MIL

- Oeddech chi wedi clywed am syndrom Silver-Russell cyn darllen *Un mewn Can Mil*? Sut mae'n effeithio ar Sander? Ydy e'n cael ei drin yn wahanol oherwydd y cyflwr?

- Trafodwch y gwahaniaeth rhwng hanesion am yr hen Kaland a'r hyn rydyn ni'n ei wybod am Vemund. Sut roeddech chi'n teimlo pan ddealloch chi mai'r un person oedd y ddau?

- Mae rhai o'r pethau mae Vemund yn eu gwneud yn ymddangos yn wallgo i'w gymdogion. Yn eich barn chi, pam mae e'n gwneud y pethau hyn, heb ystyried beth fyddai pobl eraill yn ei feddwl ohono?

- Meddyliwch am Sander a'i frodyr, a brodyr a chwiorydd eraill rydych chi'n eu hadnabod go iawn. Ydy adeg geni rhywun o fewn teulu yn effeithio ar bersonoliaeth unigolion ac ymateb y teulu tuag atyn nhw? Ydy SRS Sander yn newid yr ymateb arferol?

- Edrychwch ar Bennod 18. Beth yw'ch barn chi am y ffordd mae Niklas yn trafod ei berthynas â Sofia? Pam mae hyn yn cythruddo Sander? Pa bethau eraill mae Niklas yn eu gwneud sy'n gwylltio Sander?

- Mae Sander yn hoff o ffotograffiaeth, ond ddim fel petai'n hoff o Instagram, ac mae'n gyndyn o'i ddefnyddio fel rhan o'i brosiect ysgol. Pam? Sut mae Instagram wedi newid y ffordd mae pobl yn tynnu lluniau? Ydy hyn er gwell neu er gwaeth, yn eich barn chi?

- Ydy agweddau gwahanol Sander a Sofia tuag at y prosiect ysgol yn dweud rhywbeth am eu personoliaethau? Pa un sydd debycaf i chi?

- Mae Sander yn fwy amheus na'r lleill o Niklas ar ddechrau'r nofel, ond Sander sydd yn sylweddoli'r problemau sydd ganddo gartref. Pam mae e'n sylwi ar bethau dyw'r lleill ddim yn sylwi arnyn nhw? Allwch chi fynd yn ôl drwy'r nofel a nodi unrhyw gliwiau penodol sy'n awgrymu bod Niklas yn cael problemau gartref?

- Meddyliwch am deitl y nofel. Sut mae Sander yn teimlo am fod yn un mewn can mil? Ydy hyn wedi newid erbyn diwedd y nofel?

NODYN AM YR AWDUR

Mae Linni Ingemundsen yn sgwennwr llawrydd, yn gyfieithydd ac yn gartwnydd, ac mae wedi newid swyddi a chyfeiriadau fwy o weithiau nag y gall hi eu cyfri.

Mae wedi gweithio fel golchwr llestri yn Awstralia, fel newyddiadurwr gwirfoddol yn Tanzania, ac wedi cael 2.5 profiad o fod bron â marw. Ond yr hyn sy'n ei hysbrydoli i sgwennu yn fwy na dim yw ei phlentyndod mewn pentref ar arfordir de-orllewin Norwy.

Rhai o'i hoff bethau mewn bywyd yw siocled, cathod a'i theipiadur melyn.

Cafodd nofel gyntaf Linni, *The Unpredictability of Being Human*, ei henwebu ar gyfer medal CILIP Carnegie yn 2019.

Hefyd yn y gyfres:

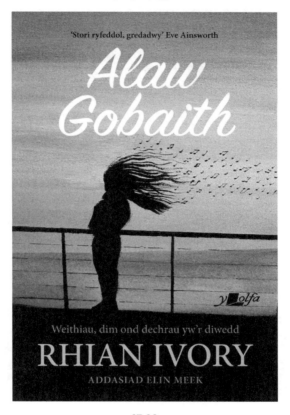

£7.99

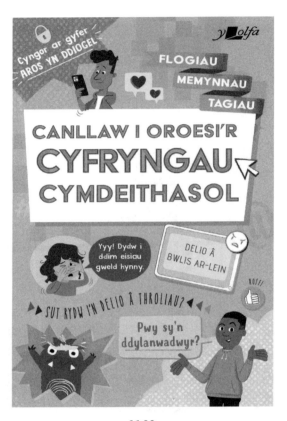

£6.99

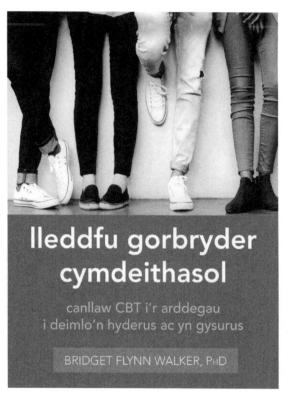

lleddfu gorbryder cymdeithasol

canllaw CBT i'r arddegau
i deimlo'n hyderus ac yn gysurus

BRIDGET FLYNN WALKER, PhD

£12.99

Holwch am bris argraffu!
www.ylolfa.com